K-콘텐츠로 보는
현대사회

K-CONTENTS
DECODE

박현민 대중문화 칼럼집

: 화면이 꺼지면 글쓰기가 시작된다

프롤로그

글을 쓰며 산다. 2005년 포털사이트 회사에서 콘텐츠 기획 업무, 2007년에는 방송사 드라마 팀 인턴을 했다. 그러다 얼결에 2009년 신문사에 입사하면서 기자를 시작했는데, 그 뒤로 여러 곳을 오가며 어떤 형태로든 글을 뱉어내는 중이다. 기자, 에디터, 편집장, 칼럼니스트, 평론가, 심의 위원, 자문 위원으로 호칭이나 직함은 수시로 바뀌어도 거의 매일 글을 쓴다는 것에는 변함이 없다. 물론 글 밥으로 먹고사는 일은 여간 어려운 탓에 콘텐츠 기획과 홍보, 출판과 자문 등도 겸하고 있다. 물론 어느 하나 특출난 것이 없어서, 남들보다 몇

배의 시간을 쏟아부어야 겨우 따라가는 수준이다. 업무의 공통분모를 찾자면 모두 콘텐츠와 연관된 일이란 사실 정도다. 최근 고정 패널로 출연했던 한 환경 방송에서 스스로를 '콘텐츠 업자'라고 소개한 적이 있다. 아마 지금 그 표현만큼 내가 하는 일을 포괄할 만한 단어가 없어 보였기 때문이다.

고백컨대, 글쓰기만큼 싫은 게 세상에 또 없다. 정확히는 재능이 없는 상태로 글을 쓰는 과정에서 끝도 없이 수반되는 고통이 끔찍하게도 싫다. 그나마 좋은 순간이라면 퇴고까지 끝마친, 바깥에 내놓아도 조금은 부끄러움이 덜한 글을 마주하는 찰나 정도다. 그러니 글 쓰는 습관을 유지하는 길은 지켜야 할 마감을 강제로 생성하여 나를 떠미는 방법뿐이다. 다행히 글쓰기를 시작하고 아직 마감을 어긴 일은 없었다. 이것은 MBTI가 대문자 J인 성향적 이유가 있겠지만, 쌓이다 보니 나름 자랑거리가 됐다. 요즘 정기적으로 마감하는 글은 신문 지면과 매거진, 그리고 모바일 tv의 추천글까지 총 3종이다. 앞서 2개는 벌써 2년을 넘겨서 3년을 바라보고 있다. 산발적 마감 글은 이보다 더 많다. 마감이 없는 삶은 이제 상상조차 되지 않을 정도다.

수요일자 신문 지면을 채우기 위해, 매주 월요일 늦은 오후부터는 글을 써서, 빠르면 저녁, 늦어도 밤께 마무리한다. 그리고 새벽에 일어나 글을 송고하기 전 최종 퇴고도 거친다. 이번 주 104번째 칼럼을 마감했으니, 104주째 이 과정을 반복하고 있는 셈이다. 기억에 남는 순간은 미국의 하와이에 갔던 지난해 10월, 호텔 로비에서 글을 마감했던 때다. 생생하다. 디즈니+ 시리즈 <최악의 악>에 관련된 내용이다. 와이키키 해변 바로 앞 호텔에서 머문 탓에, 수영복 정도를 걸친 서퍼들이 로비에까지 하와이의 바다 냄새를 물씬 실어 나르던 곳에서 노트북을 켜놓고 마감과 사투를 벌였다. 당연히 기억이 또렷할 수밖에.

애정이 꽉 들어찬 글들을 선별하고 다듬어 하나의 단행본으로 세상에 내놓는 작업을 꿈꿨고, 이렇게 지금 실행에 옮기고 있다. 지난 2022년 1분기에 처음으로 국방일보 수요일 코너 박현민의 연구소(연예를 구독하소)의 제안을 건넨 국방일보 조수연 기자님, 현재 이 코너를 담당하시는 김민정 기자님, 그리고 추천사를 보내주신 기국간 부장님께도 지면을 빌어 고마움을 전한다.

매주 월요일마다 반복적으로 '글쓰기 싫어 병'에 시달리고 있는 신세지만, '콘텐츠 업자'로서 매번 새롭게 태어나는 콘텐츠들을 보다 깊게 들여다보고, 그 안의 숨은 뜻을 찾으려 노력할 수 있어 뿌듯하다. 더욱이 지금처럼 K-콘텐츠가 전 세계적으로 흥행하고 관심을 받는 시기, 남보다 밀착해서 그 상승세를 엿볼 수 있지 않은가.

글쓰기만큼 요즘 몰두하고 있는 일은, K-콘텐츠가 해외에서 어떤 성과를 냈는지 체크하고 분석하고 알리는 일이다. 운 좋게 해외 로컬 OTT들과 파트너를 맺고 관련 업무를 맡고 있다. 하나 더 있다. 번역 출판을 통해 해외에 K-북을 내보내는 일. 이 일은 작년부터 나름 본격적으로 준비했는데, 올해 4월 일본에서 성공적인 첫 스타트를 끊었다. 현재는 러시아 등의 국가들과 이야기를 나누고 있다.

이 책은 그런 현재의 내 삶과 자아가 반영됐을 가능성이 짙다. 자고로 글이라는 아이는, 그걸 낳은 이와 상호작용을 통해 밀접한 관계를 맺고 있는 법이니깐. 이 글과 책도, 한국에 머무르지 않고, K-콘텐츠에 관심을 갖는 여러 나라의 사람들이 찾아봐주었으면 하는 바람이다. 물론 그러기 위해선 지금보다 훨씬 더 부지런히 움직이고 노력해야겠지만.

아, 글을 쓰고 있는데도 격렬하게 글을 쓰기 싫다. 퇴고는 더 이상 사양한다. 이 글과, 이 책을 이제 그만 세상 밖으로 내보낸다.

- 2024년 5월의 앞자락, 자다 일어난 어느 새벽

목차

죽음에 대한 색다른 해석
<욘더>

'욘더'는
축복일까
악몽일까

티빙 6부작 시리즈 <욘더>
YONDER | 2022.10.14~10.21

죽음은 미지의 영역이다. 인류와 과학은 시간에 비례해 성장했지만, 죽음 너머에 대해서는 알아낸 것이 전무했다. 이는 결과적으로 가설과 추측을 무수히 생성하는데 일조했을 뿐이다. 때로 창작자들은 이 죽음을 소재로 각자의 상상력을 발휘하기도 했는데, 주로 사후 세계와 영혼의 존재를 초자연적으로 해석하는 경우가 잦았다. 김태희 배우가 구천을 떠도는 '엄마 귀신'으로 분한 드라마 <하이바이, 마마!>나 처녀귀신의 빙의를 소재로 했던 <오 나의 귀신님>처럼 국내에서도 이러한 작품들은 꾸준하게 선보이며 호기심을 자극했다. 죽음 이후를 회귀나 환생으로 그린 드라마 <어게인 마이 라이프>나 <재벌집 막내아들>도 등장했다. 그런데 <욘더>는 그 접근법이 조금 더 구체적이고 독특하다. 생전의 기억을 바탕으로 형상화된 가상 세계, 그리고 가상 인간이다.

죽은 사람을 다시 만날 수 있다면? 더욱이 그 상대가 더없이 소중한, 그 누구도 대체불가한 존재라면 어떤 심정일까. 티빙 6부작 시리즈 <욘더>는 심장암에 걸려 스스로 안락사를 택해 세상을 떠난 아내 이후(한지민)로부터 의문의 메일을 받고 믿기 힘든 재회를 한 재현(신하균)의 이야기를 세밀

하게 그려낸 작품이다. 미지의 영역에 머물던 '죽음'을 비교
적 과학적으로 접근한 2032년을 배경으로 한 근미래 SF물로,
죽은 자의 기억을 추출해 만들어진 가상의 공간이 바로 '욘
더'다. 육신을 죽어 현실에서 사라졌지만, 생전 기억을 기반
으로 재탄생한 존재가 '욘더'라는 가상 세계 속에서 영원히
존재할 수 있게 된 셈이다. 이 존재는 과거의 추억을 회상할
수도 있고, 사고를 하며, 다양한 주제로 대화를 나눌 수도 있
다. 놀랍고 파격적이다. 이를 두고 주연배우 신하균은 이렇
게 표현했다. "죽음에 대한 색다른 해석."

　　<욘더>를 만든 이는 영화 <왕의 남자>, <사도>, <동주>
로 우리에게 잘 알려진 이준익 감독이다. <욘더>는 그의 첫
시리즈물이자, 첫 번째 SF 장르다. 왠지 어울릴 것 같지 않은
조합이다. <왕의 남자>부터 이번 <욘더>까지 몇 차례 호흡
을 맞췄던 정진영 배우의 표현을 빌리자면 이준익은 "현실에
찰싹 달라붙은 사람들의 이야기를 주로 했던" 감독이다. 그
래서일까. <욘더>는 분명 비현실적인 이야기를 하는데, 묘하
게 현실감이 부여된다. 인물의 감정선과 심리변화가 현실과
맞닿아 참으로 정교하게 흐른다. 슬프고 아름다운 서사는 그

렇게 완성된다. "죽음마저도 극복하고 싶은 지독한 멜로"라는 정진영 배우의 표현에 고개가 끄덕여진다.

드라마 <좋은 사람> 이후에 무려 20년 만에 재회해 차진 부부 호흡을 펼치는 배우 신하균과 한지민, 영화 <기생충>을 절로 연상케 하는 장면을 만들어낸 배우 이정은, 온라인동영상서비스(OTT) 시리즈임에도 '제27회 부산국제영화제'에 초청됐다는 사실 등 작품 외적으로도 관심을 끌 요소는 충분히 차고 넘친다. 물론 이러한 사실을 모두 차치해도 <욘더>는 그 자체로 만듦새가 좋고, 다양한 생각거리를 안겨주는 작품이다.

가장 큰 물음표는, '욘더' 속 대상을 마주한 이가 느끼는 혼란이다. 당사자의 기억을 기반으로 했지만, 결국 인위적으로 대체된 정교한 복제물의 존재. 재현이 '욘더' 속 이후를 대면하고, "너는 이후가 아니다"라고 부정하는 행위는, 이러한 전제를 바탕으로 한다. 이는 앤드류 니콜 감독 영화 <가타카>(1998)부터 비롯된 복제인간에 대한 논의와 맥을 같이 한다. 인간 존재에 대한 고찰, 인간의 존엄과 한계에 대한 물음표가 꼬리에 꼬리를 문다. 더불어 '욘더'는 최근 현대 사회의 큰 관심사로 떠오른 '메타버스'와도 고스란히 연결된다. 이미 우리는 '가상인간'이 광고나 작품에 출연하는 시대에 살고 있다.

그리스 철학자 플라톤이 탄생시키고, 프랑스 철학자인 들뢰즈가 확립한 '시뮬라크르' 개념도 포개진다. 프랑스 사회학자 장 보드리야르는 자신의 저서 '시뮬라시옹'에서 가상의 이미지가 실체 자체를 대체하는 상황을 다뤘다. 영화 <매트릭스>를 통해 익숙한 이 개념은 <욘더>에서는 보다 적극적이다. '죽음'을 통해 '원본'이라 할 수 있는 인간 자체가 이미 소실됐기 때문. 그런 상황에서 원본의 기억을 탑재한 가상의 존재는, 원본을 대체할 수 있는 것일까. 우리는 아직 존재하지도 않는 이러한 근미래의 과학 기술에 대해, <욘더> 속 재현의 입장에서 주저하고 고민하게 된다. 죽음으로 떠나보낸 이를 꼭 한 번 다시 만나보고 싶다는 소원은 과연 인간의 존엄성이나 윤리를 뛰어넘을 만큼 절대적인 것일까.

극 중 죽은 이들의 기억으로 만들어진 '욘더'로 초대하는 이는 바이앤바이 운영자 세이렌(이정은)이다. 당초 '세이렌'

은 그리스 신화에서 배를 타고 지나는 선원들을 향해 노래로 유혹해 죽음에 이르게 하는 존재. 그렇다면 <욘더> 속 세이렌은? 죽음으로 맞이한 공허한 삶을 씻겨줄 존재일까, 아니면 신화의 그것처럼 악마와 같은 유혹을 건네는 것일까. 죽은 이가 영원히 머무르는 공간 '욘더'는 낙원인가 지옥인가. 이것은 인간에게 축복일까, 아니면 악몽일까.

악인이 범람하는 시대
<몸값>

악한 자가
살아남는다

티빙 6부작 시리즈 <몸값>
Bargain | 2022.10.28~11.4

"선과 악, 그 둘 중에 생존에 더 효과적인 것은 악입니다. 그건 선하게 살고자 하는 인간의 한계고, 비극의 시작이죠." 넷플릭스 시리즈 <모범가족>에서는 동하(정우)의 이런 독백이 등장한다. 소설《지킬과 하이드》와 관련된 대학 강의의 일부였지만, 해당 독백이 살아남기 위해 상대방을 죽여야만 하는 강준(김성오)과 용수(최무성)의 끔찍한 상황과 교차되자 무게가 한층 실렸다. 주인공 동하 역시 스스로를 위해, 그리고 자신의 가족의 생존을 위해 위험한 마약 범죄에 가담하던 중이었다.

　'권선징악(勸善懲惡)'의 구조는 오래전부터 콘텐츠를 구성하는 중요한 뼈대였다. 응당 그것을 크게 벗어나지 않는 것이야말로 제작자로서의 미덕이라 생각했던 시대가 있었다. 하지만 시간의 흐름과 우리를 둘러싼 환경의 변화는 그러한 미덕을 점차 옅어지게 만들었다. '절대적인 선함'에 기반해 '악'을 물리치는 행위는, 지루하고 식상한 전개로 전락했고, 현실과 동떨어진 괴리감으로 사람들의 공감을 얻는데 실패했다. 그 공백을 대신한 것은, 도덕적으로 완벽하지 않는 다른 존재들이다. 통상 우리가 '악인'이라고 부를 만한 이

들이 그보다 큰 거대악을 무찌르는 스토리가 생겨났다. 피카
레스크(Picaresque) 장르다. 피카레스크는 15~16세기 스페
인에서 유래한 문학 장르지만, 현재는 하나의 콘텐츠 장르로
확고히 자리매김했다.

국내 OTT 플랫폼 티빙을 통해 공개된 6부작 시리즈 <몸
값>은 그야말로 '피카레스크' 그 자체다. 극의 중심에 있는
노형수(진선규), 박주영(전종서), 고극렬(장률)은 악행의 크
기와 종류가 각각 상이하지만, 하나같이 악행을 저지른 악인
이라는 공통분모가 존재한다. 미성년자 성매매를 위해 호텔
을 찾아왔던 노형수는 장기매매 업체에 붙들려 절명의 위기
에 직면한다. 여고생으로 가장한 주영이 장기매매 업체의 가
이드 역할을 수행하는 인물이었기 때문. 그리고 극렬은 장기
를 구매하기 위해 경매에 참여한 손님 중 한 명이다. 장기매
매가 진행되기 직전, 지진으로 건물이 무너지고, 바깥세상과
단절된 건물 내부는 곧바로 아비규환이 되어 본격적인 이야
기가 전개된다. 제한된 공간, 극한의 상황은 절로 디스토피
아를 연상케 한다. 예상대로 오직 생존을 위해 모두가 서로
를 반복적으로 속이고 죽이는 참혹함이 잇따른다.

K- 콘텐츠로 보는 현대사회 |

<몸값>은 2015년 공개된 이충현 감독의 단편 영화 <몸값>을 원작으로 한다. 띄어쓰기만 다른 이 영화는 러닝타임은 고작 14분이지만, 초반의 핵심적인 설정이 완벽하게 일치한다. 그러니깐 이번에 공개된 <몸값>은 단편 영화 <몸 값>의 내용과 이후의 내용을 6부작으로 확장하여 풀어낸 시리즈인 셈이다. 원작은 배우 이주영과 박형수가 주인공 여고생 역과 남자 역으로 호흡을 맞춰 리얼한 연기를 펼쳤다. 긴장감과 긴박감을 극대화 한 원 테이크 형태의 독특한 촬영 형태는, 이번 시리즈에서도 고스란히 차용됐다.

<몸 값>으로 주목받은 이충현 감독은, 2020년 개봉한 미스터리 스릴러 <콜>을 통해 상업 영화 데뷔를 성공적으로 마쳤다. 이충현은 <콜>의 주연을 맡아 소름 돋는 열연을 펼친 전종서와 작품을 통해 첫 인연을 맺고, 이후 공식 연인으로 거듭나 현재까지도 열애 중이다. 그리고 전종서는 다시 전우성 감독의 <몸값>의 여주인공으로 캐스팅돼 몰입감 강한 연기력으로 보는 이의 감탄을 이끌어내며 두 작품의 연결고리가 됐다.

<몸값>은 독특한 세계관과 설정 만으로 관심을 밀집시키는 매력이 있다. 단편 영화 시절부터 관계자들의 입과 입을 타고 번지며, 빼어난 수작으로 연신 손꼽히던 작품이다. 시리즈 제작이 결정됐을 때도, 제작 후에 부산국제영화제에 정식 초청됐을 때도, 그 관심은 좀처럼 쉬이 사그라지지 않았다. 다만, 태생적으로 대중성과는 좁힐 수 없는 거리가 존재한다. OTT 플랫폼 심의의 특수성으로 선혈이 낭자하고 수위 높은 잔혹성이 곳곳에 포진한다. 예고도 없이 살점이 떨어져 나가고, 칼날에 신체 부위가 툭툭 잘려나간다. 수시로 귀에 때려 박히는 거친 욕설도 여기에 추가로 힘을 보탠다. 이러한 형태에 거부감이 있다면, 시청 자체가 버겁다.

악인 일색인 <몸값>은 대중에게 어색하지 않다. 이미 충분한 선행 학습을 경험한 덕분이다. 2021년 방영된 tvN 드라마 <빈센조>에서 홍유찬(유재명)이 내뱉은 "악마가 악마를 몰아낸다"는 말은 이탈리아 마피아 변호사 빈센조(송중기)에게 옮겨가 잔혹한 방식으로 악당들의 죗값을 치르게 이끌었다. MBC 드라마 <빅마우스> 역시 악당을 처단하기 위해서 범법 행위를 서슴지 않는 박창호(이종석)를 탄생시켰고,

이는 오히려 모두에게 통쾌함을 안겼다. 악인을 무찌르기 위해서 악인을 자처하고, 괴물을 잡기 위해 괴물이 되는 이야기가 호응을 얻는다. 지독한 픽션인 <몸값>에 묘한 현실감이 이입되는 것은 이러한 연유다. 콘텐츠는 언제나 시대의 현실을 반영한다. 우리는 과연 어떤 시대에 살고 있는 것일까.

두 번째 삶이 주어진다면
<어게인 마이 라이프>

'이번 생은 망했다'는 자조적 의식이 녹아든 '회빙환' 장르

SBS 16부작 드라마 <어게인 마이 라이프>
Again My Life | 2022.4.8~5.28

《위대한 개츠비》를 집필한 미국의 소설가 F. 스콧 피츠제럴드는 이런 말을 했다. "I want to live my life so that my nights are full of regrets."(나는 내 삶을 살고 싶다. 그래서 나의 밤은 후회로 가득 하다.) 이는 비단 피츠제럴드에게 국한된 이야기가 아니다. 모든 인간의 삶은 언제나 후회의 연속이니깐. 다만, 주어진 인생이 고작 한 번뿐이라는 사실을 인지하고 있기에 스스로의 선택에 대해 후회하지 않으려고 부단히 애를 쓸 따름이다. 그런데 만약, 지금의 삶을 완전히 리셋하고 2회차 인생을 살 수 있게 된다면?

이 같은 다소 황당한 설정에서 비롯된 드라마가 바로 SBS <어게인 마이 라이프>다. 이 작품은 억울한 죽음을 당하고 15년 전으로 회귀해 2회차 인생을 살게 된 능력치 만렙 검사 김희우(이준기)에 대한 이야기를 담는다.

제목에서 드러나듯 <어게인 마이 라이프>는 설정부터 여느 드라마와 궤를 달리한다. 모든 기억을 고스란히 안고, 15년 전으로 회귀한 김희우는 그 누구와도 비교불가한 압도적 캐릭터. 1회차 인생을 살아본 경험을 바탕으로 자신 뿐만 아니라, 주변에 벌어지는 일들에 대해 충분히 숙지하고 있어 모든 요소를 치밀하게 활용하고, 맞닥뜨릴 난관을 사전에 대비한다. 신뢰할 만한 동료를 곁에 모으거나, 믿어서는 안 될 적을 분별하는 일도 수월하다. 주가가 급상승할 주식을 사두고, 부동산에 투자하는 것도 잊지 않는다. 이런 김희우의 2회차 인생 최종 목적지는 자신을 죽음에 이르도록 만든 부패기득권 카르텔 중심 '정치계 거물' 조태섭(이경영)을 처절하게 응징하는 일이다.

2회차 인생은, 상상 만으로 설레는 일이다. 이러한 두근거림은 시청자에게도 전이된다. 통상의 드라마라면 으레 주인공의 성장을 위한다는 명목으로 답답한 '고구마' 전개를 몇 번이고 등장시키는 법인데, 회귀물에는 애초에 그런 '고구마'가 부재하다. 그저 가슴을 '뻥'하고 뚫어줄 통쾌한 '사이다' 전개만 존재한다. 선악구도가 명확하고, 전개는 시원하니 보는 이에게 쾌감만 안겨준다. 이는 회귀물의 주요한 특성상, 주인공이 '먼치킨'(비상식적으로 강력한 캐릭터) 특성을 지녔기에 가능한 일이기도 하다.

이준기의 탁월한 캐릭터 소화력도 흥행을 거들었다. 영화 <왕의 남자>(2005)로 시작해, 드라마 <개와 늑대의 시간>(2007), <일지매>(2008), 군 전역 후 선보인 <투윅스>(2013), <달의 연인- 보보경심 려>(2016), <무협 변호사>(2018), <악의 꽃>(2020), 그리고 이번 <어게인 마이 라이프>까지 긴 시간 동안 다수의 작품의 주연을 소화하며 꾸준한 인기를 유지한다는 것은 결코 쉬운 일이 아니다. 다른 누구도 아닌, 이런 이준기였기에 '회귀물'이라는 생경한 세계관 속 캐릭터를 시청자에게 단기간에 납득시켜 작품의 핍진성을 견고하게 할 수 있었다.

이러한 회귀물은 드라마에서는 생소하지만, 웹소설에서는 몇 년 전부터 주요 소재로 활용돼 왔다. 이를 회귀와 빙의, 그리고 환생의 앞글자를 따서 '회빙환'이라 통칭한다. <어게인 마이 라이프>처럼 현재의 기억과 지식을 가진 채로 과거 시점의 자신으로 돌아가면 '회귀물', 기억과 지식을 가졌다는 점은 동일해도 자신의 몸이 아닌 과거·이세계·창작물 속 또다른 인물의 몸으로 들어가는 경우가 '빙의물', 그리고 현재의 기억과 지식을 가진 채 새로운 인물로 태어나는 것이 '환생물'이다. 물론 이 세 분류가 명확하게 나뉘지 않는 혼합형도 빈번하다.

　'회빙환'이 이토록 MZ세대의 두터운 지지를 받는 이유를 주목할 필요도 있다. 아무리 노력해도 좀처럼 풀릴 것 같지 않은 현실의 복잡한 실타래에 지친 이들이 '이생망'(이번 생은 망했다)이라 한탄하며 자조하는 의식이 녹아든 장르가 '회빙환'으로 구현됐다는 분석이 짙다. 가상의 콘텐츠를 통해 서나마 대리 만족을 느끼는 셈이다.

　<어게인 마이 라이프>의 뒤를 잇는 '회빙환' 장르의 작품은 배우 송중기의 JTBC 드라마 <재벌집 막내아들>이다. 동명의 웹소설을 원작으로 하는 <재벌집 막내아들> 역시 재벌 총수 일가의 오너 리스크를 관리하던 비서 윤현우가 횡령죄를 뒤집어쓰고 살해 당하는 순간, 과거로 회귀해 재벌가 막내아들 진도준으로 '환생'하는 이야기다. 이전 삶에서 습득한 정보를 통해 탁월한 비즈니스 실력을 발휘해서 자신을 죽인 재벌가에 통쾌하게 복수하는 이야기를 주축으로 한다.

법조계에서 재계로 배경이 바뀌고, 동일한 인물로의 회귀가 아닌 다른 인물을 통한 환생이라는 점을 제외하면 <어게인 마이 라이프>와 유사한 궤적이다. <어게인 마이 라이프>와 <재벌집 막내 아들> 뿐만 아니다. 웹소설과 웹툰에서 흥행이 검증된 '회빙환' 작품 상당수의 판권이 이미 여러 제작사의 품에 안겨있어 향후 꾸준히 드라마와 영화로 재탄생될 전망이다. 화면을 통해 접하는 '회빙환' 장르가 시청자에게 낯설지 않을 날이 머지 않았다는 이야기다. 아마 그때가 되면 <어게인 마이 라이프>가 종종 회자되고, '2회차 인생'이라는 설정도 모두에게 아주 익숙한 요소로 자리잡지 않을까.

붕괴되는 관계를 향한 처절한 분투

\<모범가족\>

\<모범가족\>이
담아낸
요즘 가족

넷플릭스 10부작 시리즈 \<모범가족\>
A Model Family | 2022.8.12

단어의 의미는 시대에 따라 변모한다. '가족'도 예외가 아니다. 표준국어대사전에 기록된 '가족'의 정의는 '주로 부부를 중심으로 한, 친족 관계에 있는 사람들의 집단. 또는 그 구성원'이지만, 현대 사회의 그것은 기존의 의미보다 훨씬 더 복합적이고 다양하게 활용된다. 넷플릭스 오리지널 시리즈 <모범가족>은, 그다지 모범적이지 않은 여러 가족의 형태를 열거하여 보여줌으로써 현대를 살아가는 구성원이 속한 '가족'의 의미를 다시금 되새기게 만든다.

작품 전면에 드러난 것은 전통적인 의미의 가족이다. 주인공 박동하(정우)는 평생을 모범적으로 살아온 유약한 가장이자 착하고 소심한 성격의 8년 차 대학 시간 강사. 하지만 그를 무시하고 외면하는 아내 은주(윤진서)는 갑작스럽게 이혼을 요구해오고, 사춘기를 겪는 중3 딸 연우(신은수)는 탈선의 위기에 무방비로 노출된 상태다. 더욱이 막내아들 현우는 선천적으로 심장 질환을 앓고 있는 터. 이토록 위태한 4인의 가족은, 현금 50억 원과 시체 2구를 우연히 맞닥뜨린 동하로 인해 이전보다 더욱 세차게 요동친다.

결핍과 왜곡으로 점철된 광철(박희순)의 가족도 인상적이다. 마약 조직의 2인자인 그는 조직 대표 황용수(최무성)와 가족, 아니 가족과도 같은 돈독한 관계다. 용수는 처음으로 사람을 땅에 묻던 그날 밤 광철에게 "우리 서로 평생 믿고 가자"라는 말로써 가족으로 거듭난다. 고아라 가족이 없던 광철에게 머리털 나고 처음으로 '가족'이라는 존재가 생긴 날이다. 그렇기에 용수가 강준(김성오)을 택하고 자기를 제거하려는 것에 더욱 분노할 수밖에 없다. 신뢰로 맺어졌다고 생각한 광철의 가족은 혈연으로 맺어진 전통적 가족에 의해 떠밀려 붕괴됐다. 그런 그가 마약 운반책을 억지로 떠맡게 된 동하와 그 '가족'에 흥미와 애착을 갖는 듯한 모습은 가족에 대한 선천적 결핍이 유발한 질투와 호기심이다.

　　책임과 의무감으로 맺어진 주현(박지연)의 가족도 있다. 서울용남경찰서 마약팀장 주현은 거대 마약조직을 붙잡기 위해 유한철(김주헌)을 언더커버로 잠입시켰다. 하지만 '마약조직 검거'라는 목적 달성을 위해 한철의 불안감을 묵살한 결과는 돌이킬 수 없을 만큼 끔찍했다. 누구에게도 선뜻 곁을 내주지 않던 냉랭한 주현이 신뢰와 마음을 내준 가족 같은 동료 한철의 죽음은 그를 심적 파멸로 이끈다. 자신이 몸담고 있는 조직 내에서 누구를 믿어야 할지 몰라 혼란스러워하는 모습에서 그가 쫓는 광철의 모습이 겹쳐진다.

서로 다른 세 가족의 변화와 관계의 형태만큼이나 눈길을 잡아끄는 요소가 또 있다. 극중 영어영문학 강사 박동하를 통해 등장하는 영미권 고전 소설이 바로 그것. 다뤄진 작품들의 내용과 인물, 그리고 대사를 곱씹어 보면 감독의 의도가 다분히 녹아있다는 사실을 눈치챌 수 있다. 첫 화의 대학 강연 장면에서 등장한 《리어왕》은 셰익스피어의 4대 비극 중 하나로 잘 알려진 책으로 브리튼의 왕 '리어왕'과 그 딸들의 이야기를 주축으로 한다. 해당 부녀 스토리 외에도 여러 인물과 관계가 아주 복잡하게 얽힌 모양새는 <모범가족>의 구성과 전개를 미리 예고하는 역할을 수행한다. 동하가 강연에서 인용한 구절은 글로스터 백작의 사생아 에드거의 대사로 "사람은 참아야 한다. 이 세상을 떠날 때나, 이 세상에 태어날 때나, 때가 무르익는 것이 중요하다"였다. 어떤 상황에서도 일단 우직하게 참고 인내하는 것을 미덕이라 여겨왔던 동하의 가치관이 엿보인다.

4화에 등장하는 것은 프란츠 카프카의 《변신》이다. 첫 마약 배달을 하게 된 동하가 부산의 조직 마사장(허성태)에게 끌려가 고초를 겪는 과정에서 마사장이 동하의 가방 속에서 발견한 책이다. 인간이 하루아침에 벌레로 변한다는 소재를 토대로 인간의 실존과 부조리를 묘사한 소설. 동하는 벌레가 된 《변신》 속 그레고리 잠자와 크게 다르지 않다. 학교에서 학생들에게 무시를 당하고, 대학교수 선배에게는 사기를 당해 모든 재산을 탕진한다. 집에서는 아내의 멸시와 이혼 요구, 딸의 무관심과 외면 등은 그를 힘들게 할 뿐이다. <모범가족>에 등장하는 모든 가족의 갈등 서사가 구성원 간 서툰 의사소통에서 기인하는 것 역시, 벌레가 되어 의사소통이 완전히 단절된 그레고리의 상황과 흡사하다.

한동안 답답했던 상황을 뒤엎는 것은, 9화의 강연에서 등장한 《지킬 박사와 하이드》다. 로버트 루이스 스티븐슨의 단편 소설로 인간의 이중성을 표현한 해당 작품에서 인용된 문구는 "나약한 '헨리 지킬'은 '에드워드 하이드'를 통제할 수 없게 됩니다. 하이드를 불러낸 것은 위선 뒤에 감춰진 지킬 박사의 억눌린 욕망입니다"이다. 앞서 첫 화에서 학생들의 괄시에도 꿋꿋하게 강연을 마치고 홀로 남겨진 자신의 낡은 자동차 안에서 분노를 분출했던 동하는 이번에는 "전부 나가!"라고 크게 소리치며 직접적으로 분노를 드러낸다. 인물의 극적 변화가 드러나는 대목이다. 《리어왕》과 《변신》으로 대변된 억눌린 동하의 자아가 '지킬'이라면, 마약조직과 복잡하게 얽힌 현재의 상황에서 가족의 생존을 위해 발악하는 과정에서 발현된 동하의 또 다른 자아는 바로 '하이드'다.

<모범가족>은 자칫 뻔하고 식상한 통상의 범죄 스릴러가 흘러갈 수도 있었다. 그럼에도 불구하고 이 작품이 기존의 작품에서 한 단계 나아간 것은 현대의 변모된 가족에 대한 진득한 성찰, 그리고 고전 소설의 시의적절한 활용이 있기에 가능했다. 여기에 추가하자면 주인공이 처한 비극을 극대화하는 아름다운 미장센과 적막 속에서 잊을만하면 어딘가에서 흘러나오는 컨트리풍 음악 정도가 아닐까. <모범가족>은 보는 이로 하여금 각자의 삶을 헤집어 가족에 대한 기억의 편린을 꺼내 되짚게 할 작품이다.

그때는 맞고, 지금은 틀리다
<밤에 피는 꽃>

고정관념 깨부수는
조선의 과부들

MBC 12부작 드라마 <밤에 피는 꽃>
Knight Flower | 2024.1.12~2.17

    남편을 떠나보내고 청상 과부가 된 주인공이 자신을 가두고 있는 담을 넘어 담 밖의 세상에서 활약을 펼친다. 과부(寡婦)의 이중생활! MBC 드라마 <밤에 피는 꽃>의 이야기다. 극 중 15년 차 수절과부로 밤이 되면 복면을 쓴 채 월담하여 의로운 일을 거듭함으로써 '전설의 미담'이라 불리게 된 조여화 역은 배우 이하늬가 맡았다. 조여화(이하늬)는 혼례 당일 신랑이 죽어 초례도 치르지 못한 '망문과부'인데, 그런 그에게 허락된 것은 곡기를 끊고 사당에 올라가 곡을 하는 일 정도다. 유교사상으로 점철된 진득한 가부장제의 조선에서, 좌의정 댁 맏며느리 조여화는 평생 한 남편을 섬긴다는 '일부종사'(一夫從事)를 결코 거스를 수 없다. 그런 그녀가 택한 것은 담벼락을 넘는 일이었다.

    이러한 설정이 익숙한 것은, 2023년 12월 방영됐던 KBS 드라마 <혼례대첩> 탓이다. 당시 스토리의 중심에는 좌상 댁 며느리이자 5년차 청상과부인 정순덕(조이현)이 존재했다. 정순덕 역시 수시로 담을 넘었고, '여주댁'의 신분으로 중매 실력을 발휘해 '중매의 신'으로서 한양에 명성을 떨쳤다. <밤에 피는 꽃> 조여화와 마찬가지로 과부라는 신분이 부여한 사회적 굴레를 벗어나 '이중생활'을 시도한 셈이다. 자연스레 두 작품 주인공은 혹시 자신의 정체를 들킬까 전전긍긍하며, 시청자에게 스릴을 안긴다. 이 과정에서 능력은 출중하지만 융통성이 결여된 남자 주인공과 대면하고 얽히며, 로맨스 서사도 축적한다. <혼례대첩> 청상부마 심정우(로운)와 <밤에 피는 꽃> 금위영 종사관 박수호(이종원)가 그들이다.

　<밤에 피는 꽃>에게 MBC 금토드라마 바통을 건네고 직전 종영했던 <열녀박씨 계약결혼뎐>도 유사한 상황이 있다. 이조판서 박대감댁 외동딸 박연우(이세영)가 담을 넘어, 의복의 신이라 불리는 한양 제일 패션 디자이너 '호접 선생'으로 거듭난 일. 물론 박연우는 결혼 전 원녀의 신분이었다는 점에서 두 작품과 상이하다. 하지만 이후 혼례를 치르고, 첫날밤에 남편이 죽게 돼 과부가 되는 상황은 <밤에 피는 꽃> 조여화와 비슷하며, 더 나아가 '열녀비'를 위해 살해까지 당하는 대목은 당시 조선의 시대상을 보다 적나라하게 보여주는 장치다.

'조선의 과부'를 주인공으로 앞세운 작품이 왜 이렇게 비슷한 시기에 한꺼번에 쏟아졌을까? 역사에 이미 존재했던 '조선'을 작품의 시대적 배경으로 상정하는 것은, 스토리의 개연성과 핍진성 확보에 용이하다는 장점을 지닌다. 이혼한 남녀 '돌싱'들이 TV 연애 프로그램에 출연해 적극적으로 자신을 어필하는 요즘 시대에, 남편과 사별하고 '시월드'에 예속돼 여생을 헌납하는 '과부'의 삶을 납득시키는 일은 여간 어려운 노릇일 터. 하지만 양반댁 과부의 재가(再嫁)에 유독 엄격했던 조선시대 이야기라면 설득력이 절로 부여된다. 이를 근간으로 하여 그럴싸한 캐릭터와 에피소드를 유기적으로 덧대는 편이, 무(無)에서 가상의 세계관을 창조하여 시청자를 설득시키는 일보다 훨씬 더 수월한 것은 지극히 당연하다.

  주인공의 이중생활도 '본캐'와 구분된 '부캐'를 선호하는 근래의 분위기와 연결된다. '본캐'라는 것이 세상에 보여지고 가늠되는 외피라고 가정하면 '부캐'는 내적 갈망이 분출된 에고(Ego)에 가깝다. 바꿔 말하면 이러한 '본캐'는 누군가를 쉽게 판단하고 구분짓기 위한 스테레오 타입(Stereo Type)으로 치환 가능하고, '부캐'는 이로부터 벗어나고자 하는 노력과 의지의 발로가 된다.

뻔하지 않는 이야기를 생성하고자 하는 갈망은 대다수 제작자의 바람이다. 그러기 위해서는 우선 스테레오 타입을 가차없이 파괴하는 행위가 선행될 필요가 있다. 더욱이 유교 사상, 남존여비, 일부종사로 철저하게 억압된 조선시대 '과부'의 삶을 깨부수는 일은, 그것을 옭아맨 사회의 시선과 억압에서 벗어나 진정으로 원하는 삶을 모색하려는 의지와 맞닿는다. <혼례대첩> 정순덕의 중매, 그리고 <밤에 피는 꽃> 조여화의 의적 활동은 가문의 며느리나 과부가 아닌, 정순덕과 조여화가 스스로 선택한 본연의 인생이다. 그렇기에 이들이 담을 넘는 물리적 행위는, 고정관념으로부터 탈피하는 것을 은유하는 셈이다. 견고한 스테레오 타입을 부수고 등장한 '조선의 과부' 정순덕과 조여화의 이중생활이 우리에게 무척이나 짜릿한 이유다.

'그때는 맞고, 지금은 틀린 것'을 헤아리며 찾아내는 일도 이러한 작품의 의미와 재미를 더하는 요소가 될 수 있다. 여성에게 가혹한 사회 족쇄가 채워졌던 조선시대의 면면은, 현대를 살아가는 우리가 봤을 때 부당함의 연속이다. 이는 우리가 확신하는 지금의 모든 사회 통념과 제도들이, 시간이 흐른 뒤에도 반드시 옳은 것이 아닐 수 있다는 가능성으로 확장된다. 본래부터 당연한 것은 존재하지 않는다. 그저 시대와 사회의 의도적 합의에 의해 인간들이 정의한 일들이 산발적으로 자리할 뿐이다. 그러니 가끔 우리네 사회도 담을 넘는 과부들처럼, 고정관념을 훌쩍 뛰어넘을 누군가가 절실히 필요할 때가 있다.

정의란 무엇인가
<살인자ㅇ난감>

‘살인자ㅇ난감’이
끝나면 비로소
시작되는 사유

넷플릭스 8부작 시리즈 <살인자ㅇ난감>
A KILLER PARADOX | 2024.2.9

곰팡이로 범벅된 원룸 자취방에서 학교와 편의점을 영혼 없이 오가며, 학업과 아르바이트를 병행한다. 캐나다로 워킹 홀리데이를 떠나 그곳의 절경을 여유롭게 즐기는 것, 그 정도가 일단 당장의 바람이지만 장기적인 목표나 계획 따위는 없다. 반복되는 무료한 일상을 무너뜨린 것은, 자신을 폭행하던 한 취객에게 휘두른 망치가 그의 머리를 박살 낸 사건이었다. 넷플릭스 시리즈 <살인자ㅇ난감>속 주인공 이탕(최우식)의 이야기다.

<살인자ㅇ난감>은 살인을 우연히 시작하게 된 평범한 남자와 그를 쫓는 형사의 이야기를 담고 있다. 도무지 어떻게 읽어야 하는지 고민하게 만드는 타이틀처럼 작품 역시 독특한 색채를 지닌다. 이탕이 죽이는 이들이 전부 '악인'이라는 설정 때문에 SBS 드라마 <모범택시>와 <국민사형투표>, 그리고 디즈니+ 시리즈 <비질란테>의 연장선상에 놓인 작품이라 생각할 수도 있지만, 오판이다. <살인자ㅇ난감>은 이들과 분명하게 다른 무언가가 존재한다. 정체를 숨긴 연쇄 살인마, 친족 살해를 저지른 협박범, 잔혹한 성범죄를 저지른 일진 고등학생들이 차례로 이탕의 손에 들린 망치와 벽돌로

살해당한다. 하지만 전술한 작품들의 여느 '다크 히어로'들과 달리 '정의 구현'이라는 거창한 목적성은 부재하다. 그저 이탕은 자신을 보호하기 위해 우발적으로 살인을 저질렀을 뿐이다.

<살인자ㅇ난감>에서 굳이 '다크 히어로'로서의 역할을 꼽자면, 경찰에 범죄 용의자로 쫓기고 있는 송촌(이희준)이다. 악행을 저지르고도 처벌받지 않는 이들에게 반성문을 쓰게 하고 직접 단죄하는 그의 괴랄한 행위는 사실 <모범택시> 김도기(이제훈), <국민사형투표> 개탈, <비질란테> 김지용(남주혁)과 유사성을 띤다. 전직 형사였던 그는 고뇌한다. '내가 세운 기준은 과연 옳은 것일까'. 대중이 그동안 환호해 마지않던 '다크 히어로'를 옥죄던 지난한 고민의 산물을 형상화한 인물이 바로 송촌이다. 마약을 유통하는 비리 경찰, 거짓으로 꾄 여성을 살해하고 불태운 회사원, 마약을 한 채 안하무인인 청년, 온갖 악행과 비리를 저지르고도 여전히 권력층의 비호를 받으며 호의호식하는 건설사 회장, 그리고 그들을 직접 척결하는 송촌. 과연 어느 쪽이 정의이고, 어느 쪽이 악(惡)인가.

정의를 세우고자 살인을 감행하는 송촌, 정의 구현은 반드시 사법 체제 안에서 실행되어야 한다고 주장하는 형사 장난감(손석구)의 관계는 여느 '다크 히어로'물에서 클리셰처럼 등장하는 레퍼토리다. 하지만 이탕은 다르다. 익숙한 인물 관계도를 벗어난 다분히 열외적 존재. 이탕은 악인을 감별할 수 있는 능력을 스스로 각성하고, 어떻게 해도 증거가 남겨지지 않게 되는 상황을 반복적으로 마주하며 점점 과감하게 살인을 거듭한다. 이탕은 불안하다가 평온하고, 죄책감을 느끼다가도 해방감을 만끽한다. 그는 위험하고 또 동시에 위태롭다. 조력자를 자처하는 노빈(김요한), 그리고 도스토옙스키의 소설《죄와 벌》은 이런 이탕의 연쇄 살인 행각에 일련의 정당성을 부여한다.

이탕과 마찬가지로 가난한 대학생이었던《죄와 벌》주인공 라스콜니코프는 사회에 유해하다고 판단되는 고리대금업자인 전당포 노파를 살해한다. 자신을 비범한 존재라 믿고 그것을 입증하고자 노파를 살해했지만, 완전 범죄를 위해 무고한 노파의 여동생까지 우발적으로 죽이게 되면서 좌초된다. 이는 이탕이 우연하게 죽인 이들조차 모두 '극악무도한 악인'이라는 점과 대조된다. 이탕은 범인(凡人)이 아닌, 라스콜니코프가 그토록 꿈꿨던 '초월적 존재'라는 것으로 귀결된다. 이는 극 중에서 이탕에서 노빈에게, 노빈에서 송촌으로 옮겨가며 보는 이의 눈길을 사로잡았던 소설책《죄와 벌》을 통해서 각인된다.

좋은 작품은 보는 이에게 고민할 소재를 던져주고, 작품이 끝나도 진한 여운을 남긴다. <살인자ㅇ난감>이 딱 그렇다. 선악 구분은 모호하고, 주요 인물들은 시종 불안하고 흔들린다. 사이다 같은 '다크 히어로'의 사적 응징에 무한 환호를 보냈던 최근의 분위기를 흐트러뜨리고, 다시 한번 사유할 여지를 남기는 셈이다. 도대체 정의란 무엇인가, 인간의 주관적 판단은 옳은가, 법은 신뢰할 만큼 객관적이고 공평한가, 죄를 지은 자가 항상 벌을 받고 있는가, 그렇지 않으면 죄와 벌은 상호 무관하게 흐르는가, 우리가 만약 이탕이라면, 송촌이라면, 장난감이라면 과연 어떠한 선택을 했을까.

현대의 사법 제도가 가진 결함과 한계, 이를 악용하는 범죄자를 향한 축적된 분노의 발현, 그리고 더 나아가 과정보다 결과를 우선시하는 현대 사회의 병폐까지 모조리 꼬집는다. 자신의 안위를 위한 수단으로 자행된 살인이었음에도, 우연히 그 결과가 공인된 사회악을 제거하는 일이 되었다면, 그것은 온전한 정의가 되어 마땅한가. 이 살인에 함께 카타르시스를 느끼는 게 정상적인 반응인가. <살인자ㅇ난감>의 엔딩 자막이 올라가면, 본격적인 사유가 비로소 시작된다.

건드리면 터지는 날것의 분노
<성난 사람들>

날것의 분노가
타인을 향할 때

: 인간이 가면을 벗으면 벌어지는 일에 대해서

넷플릭스 10부작 시리즈 <성난 사람들>
BEEF | 2023.4.6

분노가 쌓여 폭발하기 직전의 두 남녀가, 마트 주차장에서 시비가 붙고 쫓고 쫓기는 분노의 로드 레이지(Road rage, 도로에서 벌어지는 운전자의 난폭 행동)를 펼친다. 이들의 질주는 물리적 도로를 벗어나 각자의 실제 삶 깊숙한 곳까지 침투해 서로의 소중한 일상을 무너뜨리는 행위로 끈덕지게 이어진다. 분노로 생성된 복수는 꼬리에 꼬리를 물며, 상대를 무자비하게 물어뜯고 끔찍한 파괴와 파국으로 치닫는다. 이는 넷플릭스 오리지널 시리즈 <성난 사람들>(BEEF)의 이야기. 약 30여 분 분량의 10개 회차로 구성된 <성난 사람들>은 미국 드라마 <워킹데드>, 영화 <미나리>, <버닝>, <옥자>, <놉> 등으로 우리에게도 익숙한 한국계 할리우드 배우 스티븐 연이 주연으로 활약한 작품이기도 하다.

스티븐 연은 극 중 도급업자 '대니' 역을 맡아 성공한 사업가 '에이미'(앨리 웡)와 처절하게 맞붙는다. 자신의 주변인에게는 보여주지 못했던 내면의 가득 찬 분노를 가감 없이 쏟아내며 아이처럼 기뻐하고 통쾌해한다. 아시안 아메리칸이라는 공통분모를 가지면서도 경제적으로 열악한 위치의 대니(스티븐 연)와 경제적으로 부를 축적한 에이미는 각자의 판단과 방식으로 분노심을 상대에게 겨누고 표출한다. 억눌렸던 감정이 상대에게 분출되면서 오히려 그들은 이전과 다른, '진짜 내면의 나'를 가까이서 마주하게 된다. 블랙코미디처럼 펼쳐지는 이들의 피 튀기는 전쟁을 그저 깔깔 웃으며 보기 힘든 이유는, 두 사람이 보여주는 단순하고 유치한 분노의 행위에 대다수 시청자가 자신을 투영시킬 수 있기 때문이다.

인간은 누구나 각자의 가면을 쓴다. 가면을 지칭하는 용어는 시대나 상황에 따라 '사회성'이나 '사회생활'로 되거나, '예의'나 '교양'으로 변형되어 불리기도 한다. 어쩌면 요즘 말로는 '부캐'(부 캐릭터)에 가까울지도 모르겠다. 무엇보다 중요한 사실은 유아기를 벗어나면서부터 인간은 자신의 마음속에서 차오르는 날것의 감정을 있는 그대로 타인에게 배출할 수 없게 학습된 존재란 것이다.

인간에 따라 상이하지만 본능을 억누르는 통제력이 평소보다 옅어지는 경우가 종종 발생하는데, 약이나 술에 극도로 취한 심신미약 상태일 때가 대표적이다. 그리고 여기에 하나를 추가하자면, 자동차에 올라타 운전을 할 때가 아닐까. 평소에는 얌전했던 이들도 핸들만 잡으면 완전히 다른 사람으로 돌변하는 이들을 목격하는 경우가 상당하다. 이는 자동차라는 물리적·심리적으로 견고하고 안전한 자신의 울타리 안에서 타자를 아주 멀찌감치 마주하기 때문이다. 그리고 다시는 마주치지 않을 가능성도 농후한, 완전한 타인을 상대로 누적된 감정을 철저하게 배설하는 행위이기도 하다.

　<성난 사람들>은 완전한 타인이던 두 남녀가 복수를 거듭해 주고받으며, 남에게 결코 보여준 적 없는 날것의 내면을 서로에게만 적나라하게 보여주고 또 그러한 과정에서 오히려 서로를 깊게 이해하게 되는 본 적 없는 독특한 전개를 펼쳐낸다. 2023년 개최된 '제95회 아카데미 시상식'에서 무려 7개의 트로피를 꿰차며 주목받았던 <에브리씽 에브리웨어 올 앳 원스>를 만든 제작사 A24의 최신작이자, 미국 드라마 <데이브>의 대본을 쓴 이성진 작가가 기획자로 참여한 것을 확인하면 비로소 이러한 형태에도 고개가 끄덕여진다. 미국의 영화 비평 사이트 로튼토마토에서 신선도 98%를 기록하면서도, 공개 첫 주에 단박에 넷플릭스 시청 순위 3위에 오

른 것도 우연이 아니다.

　작품에는 대니 캐릭터 외에도 폴 조(영 마지노), 아이작 조(데이비드 최), 조지 나카이(조셉 리), 나오미(애슐리 박), 에드윈(저스틴 민), 에스더(앤디 주), 베로니카(앨리사 김) 등 한국계 배우들이 대거 출연한 점도 우리의 눈길을 사로잡는다. 그러한 덕분인지 온전히 미국에서 만들어진 '성난 사람들'에는 불쑥 튀어나오는 한국어 대사와 더불어, 한국 시청자라면 쉽게 공감하고 웃게 되는 대목들이 곳곳에 배치되어 있다. 'K-장남'이 짊어진 책임감과 부담감, 한인 교회 찬양팀의 인기, LG 전자제품에 대한 남다른 자부심, 그리고 익숙하게 들려오는 카카오톡의 보이스톡 알람과 통화 등이 바로 그러한 지점들이다. (그리고 이러한 요소가 <성난 사람들>을 K-콘텐츠로써 분류해 이곳 지면에 싣는 이유이기도 했다.)

　<성난 사람들>은 시작부터 끝까지, 몰입감이 점차 고조되는 구조다. 이것은 회차가 거듭될수록 인물들의 서사가 축적되고, 이와 함께 감정의 이면까지 입체적으로 엿볼 수 있도록 시의적절하게 배치된 과거의 조각들 덕분이다. 또한 앞

서 말한 것처럼 우리 자신을 극에 투영하면서 인물들의 생각과 행위를 착실하게 따라가기 때문일지도 모른다. 스티븐 연이 '대니'를 연기한 소감을 들어보면 어느 정도 그 해답이 엿보인다. "누구나 자기 안의 어두운 그림자가 있다. 끊임없는 두려움이나 불안감, 충동을 탐구하는 것은 정말 재미있으면서도 고통스럽고, 아름다우면서도 부끄러운 일이었다. 그럼에도 진실하고 온전하게 탐구하고 싶었다."

인류의 보편적 소재, 복수
<더 글로리>

당신은
죽일 만큼
증오하는 사람이
있습니까?

넷플릭스 16부작 시리즈 <더 글로리>
The Glory | 2022.12.30(part.1) 2023.3.10(part.2)

"<더 글로리>가 말하고자 하는 것은 보편적인 정서다. 복수를 하는 과정과 심정들은 어느 나라에 있는 사람들이 봐도 강한 메시지를 받을 수 있을 거라 생각한다."(안길호 감독)

복수가 인류의 보편적 소재로 차용될 수 있다는 것에 괜히 씁쓸하다. 더욱이 '학교 폭력'은 성인이 되기 전 많은 것을 배우고 형성할 학창 시절 발생하는 범죄다. 치졸하고 악의적인 범죄임에도 불구하고 방관과 이기심에 휩쓸려 희석되고 처벌조차 미비한 경우가 빈번하다. 넷플릭스 시리즈 <더 글로리>는 이런 학교 폭력으로 인생이 처참하게 무너진 한 여자가 온 생을 다해 치밀하게 준비한 처절한 복수를 담아낸다. 김은숙 작가가 집필하고, 송혜교 배우가 이를 연기로서 마침내 완성시켰다.

<더 글로리>가 공개 전부터 화제가 된 이유는, 김은숙 작가의 존재가 적잖은 영향을 끼쳤다. 김은숙 작가는 앞서 드라마 <파리의 연인>을 비롯해 <시크릿 가든>, <상속자들>, <태양의 후예>, <도깨비>, <미스터 선샤인>, 그리고 <더 킹: 영원의 군주>까지 소재와 시대는 변해도 언제나 중독성 강한

대사를 앞세운 로맨스에 특화된 작가였기 때문. <더 글로리> 같은 장르물은 완전 처음이다. 그래서일까? '김은숙 작가'라는 이름만 가리면, 집필 작가를 유추하는 일이 좀처럼 쉽지 않다. 물론 인물과 인물을 점프하는 특유의 '말맛'은, 장르와 무관하게 여전히 존재한다. 다만, 기존의 생기발랄한 대사를 대신한 것은, 담담하게 읊조리는 형태의 시적 문어체다.

김은숙 작가는 송혜교 배우와 <태양의 후예>로 한차례 호흡을 맞췄고, 이 작품으로 글로벌 히트를 기록한 바 있다. 두 사람의 재회는 약 6년 만이다. 그때와 각자의 상황도 작품의 결도 전혀 다르지만, 공들여 빚어내는 호흡만큼은 충분히 경이롭다. 동은이 포커페이스를 유지한 채로 조각조각 잘게 썰어내 가해자에게 뱉어내는 가시 돋친 대사들은, 시청자에게 짜릿한 쾌감을 안긴다. 자신을 괴롭혔던 연진(임지연)에게 "우리 같이 천천히 말라 죽어보자"고 말하며 "나 지금 되게 신나"라고 건조하게 덧붙이는 장면은 <더 글로리>의 복수가 본격적으로 시작되는 인상적인 대목이다. "불쌍하게 연기하지 말자"라는 각오로 캐릭터에 올라탄 송혜교는 동은 특유의 외유내강을 아주 적절하게 표출했다.

가해 주동자 연진은 그런 말에 흉측하게 일그러진 냉소로 화답한다. '예쁜 캐릭터'를 벗고 완벽한 변신을 이뤄낸 송혜교만큼이나 이 작품에서 돋보이는 이를 꼽자면 단연코 임지연 배우다. 데뷔 후 첫 번째 악역, 그것도 메인 빌런으로 나선 임지연은 확실한 시청자 분노 유발 넘버로 맹활약(?) 한다. 천만다행인 것은, 극중 박연진에게 그럴싸한 서사를 부여해 공감 따위를 만드는 행위를 원천 차단한 사실이다. 제작발표회 현장에서 "연진의 악행과 악의에는 그 어떤 이유도, 미화도 없을 것이다. 그것이 이 시리즈의 존재 이유"라고 강조했던 김은숙 작가의 의지가 고스란히 반영된 셈이다. 끔찍한 연쇄 살인마에게도 피치 못할 사정을 만들어 억지스럽게 공감과 동정심을 유발하게 이끄는 여타 작가들이 보고 새겼으면 한다.

문동은의 복수는 촘촘한 것 같으면서도 한편으로는 허술해 보이는 구석이 존재한다. 가정 폭력에 시달리는 중년 여성 강현남(염혜란), 아버지의 죽음으로 끔찍한 트라우마에 시달리는 의사 이도현(주여정) 등 한 팀을 이루는 이들이 복수에 최적화된 팀은 아닌 탓이다. 하지만 이는 '피해자들의 연대와 가해자들의 연대는 어느 쪽이 더 견고할까'라는 동은의 내레이션을 통해 비로소 완성되고 해소된다. 피해자들은 자신들의 상처를 통해, 상대의 아픔도 온전히 지지하고 연대하는 강력한 힘이 있다.

학교 폭력은 연예계에서도 항상 뜨거운 화두다. 한참 잘나가는 배우, 아이돌, 셀럽이 '학폭 폭로'로 인해 고꾸라지고 좌초되는 모습을 종종 목도한다. 적당히 '철없던 시절의 실수'로 매듭짓고 조심히 활동을 이어가거나, '오래전 일이라 기억이 안 난다'라고 잡아떼거나, 폭로 당사자를 만나 어떻게든 봉합하고 '해프닝'으로 마무리 짓는 과정을 거치기도 한다. 그러면서도 자연스레 피해자를 말과 시선으로 날카롭게 겨누고 재차 상처 주는 일이 아주 빈번하다. 긴 시간이 흘러도 여전히 아무것도 보이지 않는 길고 깜깜한 극야(極夜) 한가운데에서 사투를 벌이고 있는 피해자들이 용기 내는 것이 더 어려운 이유이기도 하다.

학폭 피해자들이 가장 큰 상처를 받는 말은 "그래서 너는 아무 잘못이 없어?"라는 말이라고 한다. 김은숙 작가가 탄생시킨 <더 글로리>가 작가 본인의 바람대로 "그렇다. 아무런 잘못이 없다"라는 피해자의 항변을 대신하는 작품으로 거듭날 수 있으면 한다. 그리고 어딘가에 숨어 여전히 잘 먹고 잘 살고 있을 가해자들이, 죄책감과 불안감으로 좀 더 고통받길 바란다. 나아가 이러한 작품과 일련의 과정이 공포와 두려움의 씨앗이 되어, 앞으로 더 이상 그 어떠한 형태의 폭력도 발생하지 않았으면 하는 마음이다.

사적 복수에 환호하는 사회

<모범택시>

<모범택시>에
올라타
복수를 합니다

SBS 16부작 드라마 <모범택시2>
Taxi Driver 2 | 2023.2.17~4.15

한동안 '법정물'이 대세였다. 같은 시기에 방영된 드라마 <이상한 변호사 우영우>, <천원짜리 변호사>, <빅마우스>, <왜 오수재인가>, <법대로 사랑하라>, <변론을 시작하겠습니다>, <신성한, 이혼>은 공통적으로 변호사 주인공이 등장하여 극을 이끌었다. 넷플릭스 시리즈 <소년심판>은 판사가 주인공, 드라마 <군검사 도베르만>, <어게인 마이 라이프>, <진검승부>는 검사가 작품 최전방에서 활약했다. <법쩐> 역시도 주인공을 제외한 중심인물 상당수가 검사나 변호사였다. 지난 2022~2023년 선보인 인기 법정물을 그저 제목으로 나열했을 뿐인데 숨이 차오를 정도로 수두룩하다.

이토록 법정물에 몰두했던 이유는, 현실 세계에서 시원하게 실현되지 않던 법적 정의가 극 중에서는 비로소 펼쳐졌기 때문이다. 이와 유사한 이유로 관심을 받는 소재가 하나 더 존재한다. 바로 '사적 복수'다. <더 글로리>가 대표적이다. 학창 시절에 겪은 학교 폭력으로 인해 인생이 송두리째 무너진 문동은(송혜교)이 온 생을 걸어 가해자에게 치밀하게 준비한 처절한 복수를 하는 이야기가 주축을 이룬다. 대중은 이러한 동은의 사적 복수에 환호를 보낸다.

시즌을 거듭하는 <모범택시>도 같은 궤도를 그리고 있다. <더 글로리>와 차이라면 피해 당사자의 직접 복수냐, 아니면 누군가를 통한 대리 복수냐 하는 정도도. <모범택시>는 택시 회사 무지개 운수와 택시기사 김도기(이제훈)가 억울한 피해자를 대신해 복수를 완성하는 사적 복수 대행극이다. <더 글로리>나 <모범택시>에서는 복수를 실현하는 일련의 과정에서 주인공이 법을 어기고, 폭력적인 상황이 발생하는 경우도 생기지만, 대다수 시청자는 이를 문제 삼지 않는다. 그들이 상대하는 악인이, 법망을 교묘하게 빠져나가고 사법적 처벌에 좀체 휩쓸리지 않는 영악하고 간교한 이들이란 것을 숙지하고 있어서다.

또 하나의 면죄부를 부여하는 요소 중 하나는, 복수를 행하는 이들이 직접 혹은 간접적으로 범죄의 피해에 노출됐던 피해자(혹은 피해자의 가족)라는 데 있다. 학교나 사회에서 학습한 도덕 잣대로 평가를 하자면, 위법을 일삼는 이들이 행하는 사적 복수를 '정의롭다'라고 단정할 수는 없다. 그럼에도 이를 지켜보는 시청자는 묵인하거나, 오히려 동조한다. 그런 방식을 취하지 않으면 앞으로 더 많은 피해자가 발

K- 콘텐츠로 보는 현대사회 |

생할 가능성이 짙고, 가해자가 합당한 대가를 치르지 않는다는 것에 더 크게 공감하기 때문이다. 법치국가에서의 형벌 권한은 명백히 사법기관에 존재하지만, 대중은 <더 글로리>와 <모범택시>의 사이다 같은 사적 복수에 더 열광하고 있는 모양새다.

물론 이들 작품이 단순히 사적 복수라는 소재에만 의존하는 것은 아니다. <더 글로리>는 <상속자들>, <태양의 후예>, <도깨비>, <미스터 선샤인> 등으로 이미 내공이 탄탄한 김은숙 작가의 말맛이 가미된 대사가 매회 흥미를 유발한다. <더 글로리>의 대사들은 각종 '밈'을 생성하거나, 웹과 SNS에서 여러 형태로 변주되어 확산되는 중이다. <모범택시>의 재미는 김도기의 '부캐'에서 만들어진다. 자칫 무거워질 수 있는 극의 중량을 덜어주는 역할은 물론, 복수 과정에서 웃음까지 안겨주는 역할을 수행한다. 시종 진지하게 활약하는 배우 이제훈이, 다양한 인물로 변신하며 가능한 모든 범위의 연기 스펙트럼을 넘나드는 모습은 그 자체로 볼거리다. 두 작품 모두 주인공을 둘러싼 조력자나 악역들의 캐릭터가 인상적이고, 해당 배역을 소화하는 배우들이 모두 열연을 펼친다는 것도 공통분모다.

드라마의 역할은 다양하다. 보는 동안 웃고 즐기게 하는 것 외에도 화면 바깥으로 확산돼 무형의 영향력을 행사하는 것도 이러한 유의미한 역할 중 하나다. <모범택시>의 경우 시즌1에서 다뤘던 '젓갈 공장 노예', '유데이터 직원 폭행', '불법 동영상 유포', '보이스피싱' 등의 에피소드로 현실에서 벌어진 유사 사건을 떠올리게 했으며 다시 한번 분노와 경각심을 되새기고 일깨우게 했다. <더 글로리> 역시 극 중에서 다뤄진 학교 폭력 문제의 심각성에 대한 관심이 현실로 옮겨붙게 이끌었고, 과거 학교 폭력 가해자의 발목을 여러 형태로 붙들게 만들었다. 현재는 학폭과 관련한 각종 법적 장치에 대한 논의로도 활발하게 번진 상태다.

반복해서 쏟아지는 법정물, 그리고 사적 복수극의 대중적 흥미가 종료되는 날은 어쩌면 '법'만으로 오롯이 사회의 정의가 구현되고 이에 모든 이들이 공감하고 안심하는 사회일 것이다. 이런 소재들에 대한 관심이 완전히 사그라지고 더 이상 유사 장르물이 제작되지 않아도 좋으니, 부디 꼭 그러한 세상이 도래하길 간절히 바란다. 물론 그전까지 우리는 <더 글로리>와 <모범택시>를 보면서 대리 만족을 누릴 수밖에 없겠지만 말이다.

무수한 거짓말로 점철된 삶
<안나>

안나와 애나,
허상이 만든
시한부 행복

쿠팡플레이 6부작 시리즈 <안나>
ANNA | 2022.6.24~7.9

'사람은 혼자보는 일기장에도 거짓말을 씁니다.'

　가수 겸 배우 수지가 데뷔 후 첫 단독 주연을 맡은 시리즈 <안나>가 쿠팡플레이를 통해 선보였다. 수지가 초반에 읊조린 이 덤덤한 내레이션은 앞으로 그가 작품 속에서 펼쳐낼 거짓으로 점철된 인생에 대한 나름의 정당성을 부여하기 위한 일종의 장치다. <안나>는 사소한 거짓말을 시작으로 완전히 다른 인생을 살게 되며 결국 자신의 정체성과 삶의 일부를 잃어버린 여자 유미(수지)의 이야기를 담은 작품이다.

　당초 공개 전 우려와 기대가 모두 존재했던 <안나>는, 일단 합격점을 받아든 분위기다. 2017년 출간된 정한아 작가의 장편소설 《친밀한 이방인》을 토대로 영화 <싱글라이더>의 이주영 감독이 메가폰을 잡고 새롭게 탄생시킨 <안나>는 실제 있음직한 이야기를 적절한 에피소드를 곁들이며 몰입감을 끌어올렸다. 특히 주인공 유미로 분한 수지는 10대 학창시절부터 시작해 대학 교수라는 화려한 타이틀을 거머쥐는 인생 역전의 순간까지 극의 대부분을 거의 단신으로 이끌었다. 여전히 '첫사랑의 아이콘'으로 기억되던 수지는 <안나>를 통해 이를 떨쳐낼 수 있었다. 해당 수식어를 탄생시킨 영화 <건축학개론>(2012) 개봉으로부터 무려 10년 만의 일이다.

<안나>는 리플리 증후군을 주요한 소재로 차용했다. 유미가 안나가 되는 과정, 그리고 안나로서 완전히 새로운 삶을 사는 내내 무수한 거짓말이 반복된다. 거짓말은 또 다른 거짓말을 낳고, 그렇게 모인 거짓말이 어느덧 실제의 삶 대부분을 침식한다. 돌이키려고 해도 스스로는 돌이킬 수 없을 정도의 지경에 이르른 셈이다. 수지는 겪어보지 못한 이러한 인물의 심리 상태를 '유미'에게 투영시키기 위해 촬영 전 심리 전문가를 만나서 조언을 구하며 공들였다. 극 중 유미가 행하는 일들은 엄연히 사기이고, 범죄 행위다. 안위를 위한 거짓말을 일삼고, 이를 통해 타인의 삶에도 적잖은 영향을 끼쳤다. 다만, 이것을 지켜보는 시청자의 마음은 단순하지 않다. 가난한 부모, 더욱이 농인 어머니는 치매 진단을 받았다. 재능도 있고 꿈도 많던 한 아이가 태생적인 가난에 치여 극심한 불행으로 치닫는 데까지 그리 오랜 시간이 소요되지도 않았다. 비참한 인생의 서막이다. 그리고 이것은 대한민국에서 흔히 일어날 수 있는 현실임을 누구도 부정할 수 없

다. 이름을 바꾸고, 학위를 위조하고, 집안을 속이는 일로써 유미는 완전히 다른 대우를 받고, 새로운 삶을 마주한다. 부유층으로서의 삶을 흉내내고, 강단에서의 미술 교육을 위한 본인만의 치열한 노력이 곁들여지는 모습은 유미 스스로 지어낸 거짓말이 아닌 스스로의 노력이 쌓아올린 일부가 존재한다고 믿게 이끌었을 터다. 아주 사소한 거짓말이 만들어낸 기회를 오롯이 스스로의 치열한 노력으로 붙들었다고 거듭 안심시키며, 내면에 차오르는 짙은 불안감을 힘껏 지워내려고 애쓸 것이다. 유미의 인생과 자아는 점차 희미해지고, 지어낸 허상인 안나의 삶은 반작용으로 더 또렷해진다.

　이러한 이야기는 넷플릭스를 통해 공개돼 큰 관심과 인기를 얻었던 9부작 시리즈 <애나 만들기>를 떠올리게끔 한다. <애나 만들기>는 2017년 부유한 독일인 상속녀 행세를 하며 뉴욕 사교계를 발칵 뒤집었던 실제 인물인 애나 소로킨 사건을 취재한 뉴욕 매거진 기자 제시카 프레슬러의 기사를 기반으로 제작된 9부작 시리즈. 넷플릭스 측이 교도소에 수감 중이던 애나로부터 해당 이야기의 권리를 32만 달러(한화 약 4억원)에 사들여 '애나 만들기'를 탄생시킨 과정 역시 이슈가

됐다. 실화 속 애나는 부유한 이들에게 대접이 좋은 뉴욕을 타깃으로 삼고 계획적인 사기 행각을 벌였다. '애나 만들기' 속 애나가 벌인 거짓에 기반한 사기 행각들은 그 규모와 형태 면에서는 좀 상이하지만, 결과적으로 '안나' 속 유미가 행한 일들과 주요 맥락은 밀접하게 맞닿아있다. (우연처럼 '안나'와 '애나' 모두 영어 철자가 'ANNA'로 동일하다.) 거짓을 첨가해 그것을 바탕으로 지금보다 더 나은 삶으로 나아가려는 욕망이다. 애나는 수감된 이후에도 "난 성공을 위해 노력했어. 그래서 이뤄낸 성취"라고 자신의 행동을 정당화한다. 또한 애나의 변호사는 법정에서 이같이 말한다. "우리 모두 애나와 닮은 점이 있다. 거짓말은 조금씩 다 한다. 이력서나 영업용으로, 소셜 미디어 같은 곳에서." 이를 누구도 부정할 수 없다.

애나와 안나는 다른 구석도 있다. 애나는 모든 이에게 자신의 화려한 삶이 공개되길 원했고, 핫한 인플루언서가 되면서 그것을 바탕으로 더 큰 일들을 과감하게 벌였다. 반면 안나는 행여 자신의 삶이 사람들에게 공개될까봐 두려워한다. 남편 지훈(김준한)이 정치인이 되면 이런 일이 가속화될까 염려하는 모습이 그러한 심경을 반영한다. 안나의 과거를 알고 있는 현주(정은채)의 등장, 자신의 상황을 지켜내기 위해 과 감하고 치밀해지는 안나의 거짓말, 그 거짓이 발각될까 조마 조마해 하는 불안감과 진실이 밝혀진 이후 맞닥뜨리게 될 주 변과 세상의 반응 등이 바통을 넘기듯 흥미를 유발한다.

안나와 애나에게 적개심을 품는 이유는 무엇일까. 그들이 벌인 사기 행위 자체도 문제지만, 그들이 만들어 낸 허상으로 너무 쉽게 많은 것들을 영위할 수 있도록 구조된 우리 사회의 이면을 인지하고 있어서다. 사회적 동물이라 지칭되는 인간이 살면서 맺게 되는 수많은 관계에는 대부분 목적성이 내포되어 있다. 애초에 가지지 못하고 태어나 정당한 경쟁을 펼치지도 못하는 이들의 선택이 지극히 제한되는 사회. 관계를 맺는 것조차 용이하지 않다. <안나> 제작진이 "한 사람의 정체성이 과연 어떻게 만들어지는 것인지에 대한 본질적인 질문을 던지고 싶었다"라고 강조한 것에 대해 곱씹을 필요가 있다. 하나 명확한 사실은 존재한다. 그들이 유발한 공감과 동정심이, 그들이 자행한 범죄에 대한 면죄부는 절대될 수 없다는 사실이다.

대본 없는 현실 연애에 과몰입
'짝짓기 예능'

우리는 왜
남의 연애에
이토록
열광하나

: 비연예인 출연자가 보여주는 날것의 연애

<하트시그널>, <환승연애>, <나는 솔로> etc.

바야흐로 '짝짓기 예능'의 시대다. 채널A <하트시그널>(2017)이 3번의 시즌을 거듭하며 지펴놓은 불씨가 시간과 대중의 호응을 연료 삼아 넷플릭스 <솔로지옥>(2021), SBS 플러스 <나는 솔로>(2021), 티빙 <환승연애>(2021)로 활활 번졌다. 각 프로그램 타이틀 지명도가 올라가고, 포맷이 자리 잡으면 재빨리 시즌을 거듭하며 굳히기에 돌입한다. 익명의 시청자 사연이나 재연 배우들의 연기를 지켜보며 연예인 패널이 둘러앉아 반응하거나 훈수하는 형태는 점점 사라지고, 비연예인 출연자들의 가감 없는 진짜 '썸'과 '연애'를 시청자가 방구석 1열에서 직관하는 포맷이 그 자리를 메웠다. 채널만 돌리면 나오는 연예인이 보여주는 대본 같은 모습이나 가식이 아닌, 그야말로 날것에 가까운 신선한 비연예인의 말과 행동에 열광하고 환호한다. 우리와는 딴 세상에 살고 있는 듯한 연예인의 자랑하기식 관찰 예능이나 연애 연기가 아닌, 바로 곁 지인의 모습을 지켜보는 듯한 리얼함과 생생함은 강력한 매력 그 자체였다. 때로는 내 과거 연애사나 현재의 연애를 대입해도 얼추 일치하는 상황들에, 짙은 공감대도 형성한다.

연애 리얼리티의 흥행은, 자신을 적극적으로 드러내고 싶어 하는 현대인들이 늘어나면서 더욱 탄력을 받았다. 연예인에 비해 상대적으로 출연료가 저렴해 '가성비'가 좋다는 요소도 제작진 입장에서는 특출난 장점이 됐다. 청춘 남녀에 제한됐던 출연자 폭은 더 과감해졌다. MBN <돌싱글즈>(2021)는 이혼으로 싱글이 된 '돌싱'이 출연했고, 국내 OTT 웨이브 <메리퀴어>(2022)나 <남의 연애>(2022)는 성소수자를 등장시켰다. 유사 프로 중에서 최근 가장 큰 인기를 누리고 있는 <환승연애>(2021)가 이별한 커플들을 한 공간에서 재회시키고 묵혀둔 감정을 끄집어내게 하는 정도는 애교에 불과했다. 거짓말을 전면에 내세운 디즈니+ <핑크 라이>(2022)나 은밀한 밤 데이트를 소재로 상상력을 자극하는 웨이브 <잠만 자는 사이>(2022), 그리고 가상의 패션회사에서 벌어지는 사내 로맨스 다루는 쿠팡플레이 <사내연애>(2022) 등 독특한 장치나 포맷을 동원해 시청자 흥미를 유발하려는 진화도 거듭됐다. 지상파나 종편·케이블을 벗어나 온라인동영상서비스(OTT)에 뿌리를 내린 연애 프로들은 심의에 별다른 제약을 받지 않았기에, 수위 높은 출연자의 말과 행동을 여과 없이 안방으로 전달했다.

이러한 방송 트렌드는 환경적 요인과도 결부된다. 코로나 19가 야기한 팬데믹으로 대면보다 비대면이 일상으로 자리 매김했고, 새로운 상대를 만날 기회와 확률이 과거에 비해 상대적으로 줄었다. 취업 시장의 불황, 코인과 주식의 폭락, 금리 인상과 물가 상승이 잇따라 연애에 소요되는 지출은 상당한 부담으로 작용하기에 이르렀다. 경제적 사정이나 심적 여유는 갈수록 메말랐고, 이는 실제 연애 횟수의 감소로 직결됐다. 현실에서의 연애는 실패나 종료 시 그 반작용도 만만치 않았지만, 화면을 통한 타인의 연애 시청과 몰입은 전혀 그런 걱정이 없었다. 언제든 자진 하차가 가능했다. 선택지가 다양해진 연애 프로그램 중에서 각자의 입맛에 맞는 방송을 하나쯤 택하는 일은 그리 어렵지 않았다. 결국 그러한 행위를 통해 외로움을 밀어내고 욕구를 해소했다.

모든 '짝짓기 예능'에는 복수의 캐릭터가 있다. 이는 다수의 인물들 중에서 누구라도 몰입할 대상이 하나쯤은 있을 가능성이 높음을 시사한다. 여느 가요 기획사들이 아이돌 그룹을 구성할 때, 각각 다양한 색깔이 있는 멤버들로 팬들의 선택지를 늘리는 것처럼, 연예 예능 프로의 제작진 역시 다양한 출연진을 골고루 확보하고 배치해 이와 유사한 효과를 노렸다. 어떻게든 대중이 과몰입할 대상이 생겨나면, 일단 프로그램은 절반 정도의 성공을 달성한 셈이니깐.

비연예인 출연진의 강점은 또 있다. 화면 속 리얼함이, 화면 바깥의 현실 세상으로 전이될 가능성이 농후하다는 사실이다. 그곳이 가상의 세계가 아닌 탓에, 방송의 종영이 곧 스토리의 결말을 의미하진 않는다. 수많은 비연예인 출연자의 일거수일투족이 자의로, 혹은 자신의 의지와 무관하게 온라인과 SNS를 타고 널리 전파된다. 프로그램 제작진도, 출연 계약서도 존재하지 않는 리얼 세계에서 그들의 사생활이 실시간으로 전시된다. 방송 후 'OO와 OO가 사귀었다', '헤어졌다'는 뉴스가 방송 당시보다 더 핫하게 떠도는 것은 이러한 것을 반영한 결과다. 가상과 현실의 영역이 분리되지 않는다는 점은, 드라마보다 과한 몰입을 부추길 주요한 요소가 된다.

우려나 논란도 있다. '연예계 진출', '회사나 제품의 홍보' 등 연애 외적인 용도로 출연을 결심하는 이들이 늘어날 가능성이다. 이미 실제로 그런 사례가 몇 차례 눈살을 찌푸리게 만들기도 했다. 비연예인의 특성상 과거의 논란 검증이 좀처럼 쉽지 않아, 윤리적이나 법적으로 문제를 일으켰던 가해 당사자들이 제대로 걸러지지 않고 고스란히 화면에 등장할 수도 있다. 사전 촬영을 통해 마무리된 방송이 '스포일러'로 유출되지 않게 하기 위한 통제도 녹록지 않다. 물론, 그럼에도 불구하고 한동안 연애 리얼리티는 호황을 누릴 것이다. 지금보다 더 다양하고 자극적인 포맷, 스타의 인기와 인지도를 뛰어넘는 비연예인 출연자가 속속 탄생할지도 모른다. 다만, 혹시라도 그런 화면 속 타인의 연애에 몰입하고 몰두하다가, 정작 자신의 진짜 연애의 타이밍과 기회를 놓쳐버리거나 놓아버리는 것은 아닐지 염려된다.

다르지만 틀리지 않다
<이상한 변호사 우영우>

조금 다른 변호사
'우영우'에
빠질 시간

ENA 16부작 드라마 <이상한 변호사 우영우>
Extraordinary Attorney Woo | 2022.6.29~22.8.18

이상한 드라마다. 주인공인 변호사는 자폐 스펙트럼을 가지고 있고, 법정물 장르인데 여느 작품과 달리 자극적인 장면이 거의 화면에 등장하지 않는다. 케이블 채널 ENA 드라마 <이상한 변호사 우영우>에 대한 이야기다. 혹여 '이상하다'는 앞선 표현에 오해가 생기지 않으려면, 이 작품을 집필한 문지원 작가의 이야기가 첨언될 필요가 있다. 문 작가는 "일반적이지 않은, 낯선, 독특한, 비범한, 엉뚱한, 별난, 상식적이지 않은 특별한 사람을 가리켜 흔히 '이상하다'라고 한다. 이상한 사람들은 타인을 긴장시키기도 하고 때론 문제를 일으키기도 하지만, 우리가 사는 세상을 변화시키고 풍요롭게 하며 더 재미있는 곳으로 만들기도 한다"라고 했다. 타이틀롤 '우영우'를 가리키는 설명이기도 하다. 그러니깐 다시 말하면 <이상한 변호사 우영우>는 특별한 드라마다. 여느 드라마들과 다른, 특별한 주인공을 주축으로 스토리가 전개된다.

"제 이름은 똑바로 읽어도 거꾸로 읽어도 우영우입니다. 기러기, 토마토, 스위스, 인도인, 별똥별, 우영우… 역삼역?"

사람은 모두 다르다. 다르다는 것이 잘못된 것은 아니라는 것을 오랜 시간 반복 학습했지만, 여전히 익숙지 않은 상황에 마주하면 고질적인 편견과 선입견이 스멀스멀 피어난다. <이상한 변호사 우영우>는 이러한 편견과 부조리에 맞서 나가는 우영우의 도전을 따뜻하고 유쾌하게 풀어낸 작품이다. 우영우는 IQ 164의 천재적인 두뇌와 자폐 스펙트럼을 동시에 가진 대형 로펌 신입 변호사로, 드라마 <연모>, <브람스를 좋아하세요?>, <스토브리그> 등 매력적인 작품으로 시청자의 주목을 받고 있는 박은빈 배우가 해당 배역을 맡아 차지게 소화했다. 자신이 연기한 캐릭터가 혹여 잘못된 인식을 심어주지 않을까 하는 마음에 특정 인물을 모방하지 않았다는 박은빈은 "모방보다는 이해를 먼저 했다. 자폐 스펙트럼의 네 가지 진단 기준을 보며 공부했고, 작가님과 감독님도 오래 준비한 지문들을 표현하고 구체화하려 노력했고, 자폐 스펙트럼에 대한 교수님들의 자문 등을 통해 자유롭게 만들 수 있는 선에서 만들었다"라고 설명했다. 문지원 작가 역시 "자폐스펙트럼에 대해 정확히 이해하고 표현하기 위해 제작진 모두가 자료 조사에 심혈을 기울였다"라고 강조했다.

드라마 전파력과 흡인력은 초반부터 기대 이상이었다. <이상한 변호사 우영우>는 인지도가 낮았던 채널 ENA를 한껏 끌어올리는 효자 역할을 했다. 박은빈과 함께 강태오, 강기영, 전배수, 백지원, 진경 등의 배우가 맞추는 연기합 역시 나쁘지 않아 매회 등장하는 에피소드는 몰입감을 높인다. 핫한 배우 구교환의 특별출연도 재미를 더했다.

제작진도 안정적이다. <낭만닥터 김사부>, <배가본드>, <자이언트> 유인식 감독이 메가폰을 잡고, 백상예술대상과 청룡영화상 등의 시상식에서 평단과 대중의 주목을 받았던 영화 <증인>의 문지원 작가가 집필을 맡았다. <증인> 역시 자폐 스펙트럼 장애를 가진 학생 지우(김향기)가 등장했던 터. 해당 영화를 본 관객이라면, 앞서 언급된 문 작가의 말들이 더욱 진정성 있게 와닿는 이유다. 당시 <증인> 속에서 변호사를 꿈꾸던 지우의 대사 중에 "엄마, 나는 자폐가 있어서 변호사는 되지 못할 거야. 하지만 증인은 될 수 있지 않을까?"라는 게 있는데, <이상한 변호사 우영우>에서는 자폐 스펙트럼을 가진 변호사가 주인공으로 등장한다. 이러한 이유를 토대로 두 작품이 연장선상에 있는 것처럼 느껴진다는 시청자

반응도 상당하다.

　<이상한 변호사 우영우>의 오프닝에는 노란 오리들 속 파란 오리가 등장한다. 우영우를 암시한다. 극중 우영우가 지대한 관심을 가지는 생명체는 '고래'다. 고래에 대한 해박한 지식을 바탕으로 관련 이야기를 쉼 없이 할 수 있을 뿐만 아니라, 우영우의 시선 곳곳을 따라 고래가 유유히 공간을 헤엄치는 효과가 CG로 그려진다. 고래 역시 바닷속에 사는 여느 생물들과 형태는 유사하지만, 어류가 아닌 포유류로 '다른' 존재다. 우영우가 나열하는 고래 이야기에도, 사람들이 흔히 고래에 대해 오해하거나 착각하는 것들에 대한 이야기가 상당수다. 고래 역시 오프닝 속 파란 오리와 마찬가지로, '다름'을 의미하는 셈이다. 작품 속 대형 법무법인 대표가 전부 여성이라는 점, 주인공 아버지가 '미혼부'라는 사실, 주인공을 보조하는 송무팀 직원 이준호(강태오)가 남성으로 설정된 점 등 구성 전반에 걸쳐 기존 스테레오 타입을 비튼 구조라는 점도 인상적이다.

　<이상한 변호사 우영우>를 즐길 수 있는 추가 요소는

OST 라인업이다. 밴드 넬의 보컬인 김종완, 독특한 감성과 음색을 지닌 뮤지션 선우정아, <놀면 뭐하니?> 프로젝트 그룹 MSG워너비 멤버 원슈타인, 쿠팡플레이 시리즈 <안나>의 타이틀롤로 활약한 가수 겸 배우 수지, 몽환적 음색으로 리스너들을 사로잡은 오존(o3ohn), <오징어 게임> OST 커버송으로 전 세계적으로 사랑받는 그룹 메이트리가 가창자로 나서기 때문. 이와 같은 탄탄한 라인업은 음악감독 노영심을 통해 성사됐다. 독특한 주인공, 믿음직한 제작진, 귀까지 즐겁게 해줄 OST 라인업까지 완비된 <이상한 변호사 우영우>를, 챙겨봐야 할 리스트에 추가할 때다.

아이돌과 병맛이 결합한 판타지
<성스러운 아이돌>

현실 탈출 판타지,
'아이돌'과
'병맛'이 만났다

tvN 12부작 드라마 <성스러운 아이돌>
The Heavenly Idol | 23.2.15~23.3.23

그룹 방탄소년단(BTS)을 필두로 한 K-팝 아이돌 부흥기다. 국내 차트를 넘어 미국 빌보드 1위를 꿰차고, '그래미 어워즈'에서 단독 무대를 꾸미면서 전 세계에 강력한 존재감을 드러내는 현 상황은 여전히 놀라움 그 자체다. K-드라마의 인기 역시도 예사롭지 않다. 지난 2021년 넷플릭스를 통해 공개된 시리즈 <오징어 게임>은 '미국 배우조합상', '크리틱스 초이스 시상식', 그리고 '프라임타임 에미상'까지 휩쓸며 그 저력을 전 세계에 과시했다. K-콘텐츠에 대한 관심은, 유례를 찾아볼 수 없을 정도로 막강하다. 그런 만큼 K-팝 아이돌을 소재로 한 K-드라마에 대한 관심은 어떻게든 각별할 수밖에 없는 상황. tvN 드라마 <성스러운 아이돌>의 경우가 딱 그렇다.

접근 방식은 당혹스러울 만큼 의외다. 리얼한 K-팝의 생태계를 리얼하고 핍진성 있게 보여주는 데 주요 초점을 맞추기보다, 판타지와 결합시키는 방식을 통해 가벼운 웃음을 수시로 유발하게 만들었다. 이(異) 세계 대신관 '램브러리'가 하루 아침에 대한민국 무명 아이돌 '우연우'와 몸이 뒤바뀌면서 벌어지는 이야기가 <성스러운 아이돌>의 주축이다. 예상대로 동명의 웹소설·웹툰이 존재하며 이를 원작으로 제작된 드라마. 물론 원작과 달리 K-드라마에 필수 아이템인 '로맨스'를 삽입했고, 그 과정에서 원작에는 없는 여성 매니저 김달(고보결)의 존재가 새롭게 생성됐다.

극 중 램브러리와 우연우의 몸이 삽시간에 뒤바뀌는 일은, K-드라마를 즐겨보는 이들에게는 나름 익숙한 상황이다. '회귀'나 '빙의', '환생' 등 현실과 동떨어진 판타지한 설정은 드라마 <재벌집 막내아들>을 비롯하여 <어게인 마이 라이프>, <금수저> 등에서 주요한 소재로 차용된 바 있다. <성스러운 아이돌>은 여기에서 한 발 더 나아가서 맞교환 되는 인물을 '이 세계 신관'과 '망한 아이돌'으로 설정했다. 아무리 진지하게 연기를 하더라도, 실소가 터질 수밖에 없는 구조다. 극단적인 두 인물을, 1인 2역으로 소화하는 인물은 배우 김민규다. 김민규는 앞서 SBS 드라마 <사내맞선> 속 비서실장 '차성훈' 역을 맡아 눈도장을 확실하게 찍었다.

데뷔 5년차인 '망돌(망한 아이돌)' 아이돌 와일드 애니멀 멤버인 우연우가 자신을 뜬금없이 '대신관 램브러리'라고 소개하고, 생방송 음악 프로그램 무대 도중에 "나는 춤을 모른다"라고 소리쳐 방송 사고를 낸다. 결과적으로 이러한 돌발 행동으로 오히려 받아본 적 없는 대중의 관심을 받게 된 상황에 직면하고, 스타 PD가 연출을 맡은 오디션 프로그램 '싱 서바이벌'에 출연하는 기회를 붙든다. 램브러리는 자신과 몸이 뒤바뀐 우연우를 어떻게든 설득시키기 위해, 그룹 와일드 애니멀의 성공과 시상식에서의 수상을 조건으로 내걸기에 이른다. 이 세계 신관의 혼을 지닌 채로 현 세계 아이돌로 성공을 하기 위한 고군분투와 그 과정에서 발생하는 코믹한 상황이 <성스러운 아이돌>의 주요 골자다.

공교롭게도(?) 드라마가 방영되던 시기에 Mnet과 JTBC는 각각 <보이즈 플래닛>과 <피크타임>이라는 K-팝 보이그룹 오디션 프로그램을 방영하고 있던 상태였다. <성스러운 아이돌>에서 주요한 무대가 된 프로그램 '싱 서바이벌'이 의도와 무관하게 실제 프로그램과 뒤엉켜 관심이나 몰입을 만들기도 했다. 예컨대 실제 오디션에서 종종 등장하는 '인성 논란'이나, '악마의 편집', 기획사와 방송국의 비밀스러운 거래, 그리고 카메라 밖에서 펼쳐지는 참가자나 팬들의 신경전

등이 실제와 가상의 경계를 교묘하게 오가며 흥미를 자아낸 것. 물론 팬들의 조공을 먹고 '신성력'을 되찾거나, 마왕(이장우)이니 염라대왕(장영남)의 존재가 등장하는 순간은 열외로 하고 말이다.

드라마 <성스러운 아이돌>을 완성도가 뛰어난 명작으로 분류하긴 애매하다. 제작진도 출연진도 단순히 그 이름을 나열하는 것만으로 시청자의 관심을 단박에 붙들기엔 역부족이다. 시청률 역시 상대적으로 저조했다. 그럼에도 불구하고 <성스러운 아이돌>이 희망적인 것은, 퀄리티를 높이는데 주력한 다른 드라마들과 다른 노선을 택해 직접 경쟁을 애초에 벗어났다는 점이다. 이른바 '병맛'으로 가득한 판타지 로맨스라는 근래 보기 힘든 장르로 차별화하며 경쟁력을 높였다.

전 세계적인 관심을 받고 있는 K-팝을 소재로 만들어진 K-드라마지만, 통상의 예측을 완전히 벗어나 의외의 웃음을 만들어내는 <성스러운 아이돌>. 갈수록 물가는 오르고, 삶은 더 힘들고 각박해지는 지치고 힘든 세상이다. 그러니 드라마를 시청하는 잠시 동안은 이를 벗어나 그냥 실없는 상황에 유쾌하게 웃고 즐기는 것이 필요한 시대 아닐까. <성스러운 아이돌>은 이러한 강점을 활용해 '망드'(망한 드라마)의 굴레를 벗고 '독특하고 색다른' 드라마로 거듭날 수 있었다.

결혼 먼저, 사랑 나중
<마이데몬> & <열녀박씨 계약결혼뎐>

결혼이
당연하지 않은 시대,
결혼을
필요로 하지 않는 세대

SBS 16부작 드라마 <마이데몬>
My Demon | 23.11.24~24.1.20
& MBC 12부작 드라마 <열녀박씨 계약결혼뎐>
The Story of Park's Marriage Contract | 23.11.24~24.1.6

결혼이 당연하지 않은 시대다. 결혼은 누군가의 인생에 있어서 여러 선택지 중 하나일 뿐, 성공적 삶을 영위하는 데 필요충분조건은 아니란 소리다. 최근 발표된 통계청 자료는 이러한 사회 분위기를 십분 반영한다. 현재 청년층(19~34세)의 80% 이상이 미혼으로 집계됐는데, 그들이 결혼하지 않는 이유로는 '결혼의 필요성을 못 느껴서'(17.3%)가 가장 높은 응답률을 차지했다. 굳이 결혼을 필요로 하지 않는 세대다.

　　우연의 일치일까, 현 사회상의 반영일까. TV에서 선보인 드라마들이 줄줄이 '계약 결혼'을 앞다퉈 다뤘다. 작품 속 주인공들은 '사랑'이 아닌 '필요'에 의해서 결혼을 택한다. 감성보다 이성, 감정보다 합리성을 따지는 게 왠지 요즘 세대의 사고 방식과 묘하게 맞닿는 분위기다. 우정에서 사랑으로 발전하는 정주행이 아닌, 일단 결혼부터 하고 사랑에 빠지는, '선결후애'(先結後愛)의 방식이다. 다분히 예측 가능한 역주행임에도 불구하고, 계약의 목적과 과정이 나름의 차별화를 생성한다.

　　제목부터 '계약 결혼'을 단단하고 깊숙하게 새겨 넣은

MBC 드라마 <열녀박씨 계약결혼뎐>은 총 12회 중 6회 만에 10%에 근접한 시청률로 나름 흥행가도를 달렸다. 당초 5%대로 시작한 시청률이 2배수에 가깝게 상승한 것은, 작품의 만듦새 외에도 이러한 소재를 향한 관심이 상당 부분 작용했다는 평가다.

조선에서 온 박연우(이세영)는 SH서울 부대표 강태하(배인혁)와 호텔 수영장 만남 이후 곧 결혼식으로 직행하며, 일련의 피치 못 할 과정으로 '계약 부부'로 거듭나게 된다. 타임슬립으로 인해 태하를 조선시대 자신의 남편과 동일인으로 인식한 연우와 할아버지 강상모 회장(천호진)의 수술을 위해 거짓 결혼 상대가 당장 필요했던 태하는 각자의 필요에 의해 계약을 통한 '거짓 부부'가 되기로 합의한다. 전략적인 동거이고, 동행이다.

동시기에 방영된 SBS 드라마 <마이 데몬> 역시 계약 결혼을 주요 소재로 차용했다. 재벌 상속녀와 능력을 상실한 악마가 계약 결혼 당사자다. 미래 F&B 대표 도도희(김유정)와 선월재단 이사장 정구원(송강)은 각각 필요한 것을 취하고자 합의된 결혼 생활에 돌입한다. 이는 인간과의 계약으로 생명을 연장해 무려 200년을 넘게 살아온 데몬(악마)으로서 정구원이 밟아온 행적과 포개진다. 오롯이 사사로운 이익과 필요에 의한 계약 관계다.

　정구원은 잃어버린 능력을 되찾기 위해 도도희의 손목으로 옮겨간 악마의 타투가 절실했고, 도도희는 유산 상속의 조건(결혼) 충족과 더불어 당장 생명을 위협하는 신원불상의 존재로부터 자신의 목숨을 지키고자 구원이 꼭 필요했다. 종(種)까지 초월하여 합심한 두 사람의 필사적인 '계약 결혼'은 도도희를 노리는 괴한이 더해지며 판타지에서 스릴러로 영역 확장되며 흥미를 유발한다.

　조선시대에서 2023년으로 건너온 타임슬립물 <열녀박씨 계약결혼뎐>, 상상과 판타지를 듬뿍 곁들여 만들어진 <마이데몬>은 결혼 이후 비로소 연애 감정이 커져가는 핑크빛 로맨스가 관전 포인트다. '그렇게 두 사람은 결혼해서 행복하게 살았습니다'가 엔딩이 아닌 시작인 셈이다. 결혼이 목적이 아닌 수단으로 작용하고 주객은 철저히 전도됐지만, 그렇게 만들어지는 '역주행 로맨스'가 나름 꿀맛이다. 옥신각신 하던 이들은, 어느덧 손끝만 스쳐도 얼굴을 붉힌다. 막 연애를 시작하는 연인들처럼.

MBN 드라마 <완벽한 결혼의 정석>은 회귀 요소까지 결합해 '계약 결혼'을 펼쳐냈다. 계약 결혼의 목적은 복수다. 회귀 전 자신을 농락한 남편과 가족에 대한 분노를, '계약 결혼'을 통해 복수로 연계한다. 복수를 마친 한이주(정유민)도 계약 결혼의 상대인 서도국(성훈)과 꽉 막힌 해피엔딩을 맞이했다. 배우 신민아와 김영대도 tvN 새 드라마 <손해 보기 싫어서>를 통해 계약 결혼 부부로 분할 예정이며, 이외에도 유사 소재가 다수 대기 중이다. '계약 결혼'을 다룬 작품은 꾸준했지만, 최근처럼 연이어 쏟아졌던 일은 드물다.

앞서 '회빙환'(회귀·빙의·환생) 장르가 '이번 생은 망했다'라는 자포자기 심경을 품은 이들의 격한 호응을 얻으며 범람했다면, '사적 복수극'은 현실에서는 법망을 피한 권력자 악인들을 향한 분노 및 사법부에 대한 불신이 한데 엉키며 쏟아졌다. 그렇다면 과연 '계약 결혼'이 이처럼 동시다발적으로

K· 콘텐츠로 보는 현대사회 |

세상에 등장하는 것은 어떠한 마음이 응집된 산물일까.

어쩌면 그것은 불필요한 감정 소모는 없이 당장 필요한 것만 취하고픈 마음, 시기가 정해진 유한성의 편리함, 팍팍한 세상에 과도한 책임감까지 부담스럽게 떠안기 싫어 적당한 거리의 합리적 관계를 바라는 마음의 발현 따위는 아닐까. 이러한 추측이, 그저 기우이고 허황된 오판이길.

부모를 바꿔 부자가 된다

<금수저>

요즘 드라마가 '돈'을 그려내는 방법

MBC 16부작 드라마 <금수저>
The Golden Spoon | 2022.9.23~11.12

'부모를 바꿔서 부자가 된다.' 파격적이면서도 어딘가 슬프고 섬뜩하다. 이는 MBC 드라마 <금수저> 티저 포스터에 새겨진 카피다. 해당 작품의 핵심을 정확하게 관통하는 문장이기도 하다. 동명의 웹툰을 원작으로 한 이 작품은, 은유나 상징이 아닌, 정말로 서로의 부모를 맞바꾸는 마법 같은 현상을 주요한 소재로 차용했다. 설명이 필요하지 않은 '판타지' 장르다.

　"동갑인 아이의 집에서 이 수저로 밥을 세 번만 먹으면 그 아이의 부모가 네 부모가 된다"라는 말로 작품 속 주인공 승천(육성재)에게 금수저를 판매한 의문의 노인. 황당무계한 이야기지만, 가난으로 점철된 자신의 초라한 처지를 비관하던 승천의 마음을 흔들기엔 충분했다. 무능력한 만화가 아버지의 보증 탓에 4억 빚까지 떠안아 사채업자도 들락거리는 낡고 좁은 집, '흙수저'라는 이유로 학교에서 감내해야만 하는 집단 괴롭힘, 시간을 쪼개 소화하는 수 개의 아르바이트… 배달을 갔던 한 학원 휴지통에서 버려진 모의시험지를 주워와 일을 하는 편의점에서 도둑 공부하고, 꼬깃꼬깃한 현금을 모아 상자에 채워 넣는 것은 가난한 승천에게 특별하지도 않은 일상이다. 유사한 가난을 품고 있던 '사회적 배려자 전형' 동지이자 절친은 가족과 동반 자살이라는 결말로 생을 마감했다. '밑져야 본전'이라는 생각으로 노인의 이야기를 확인해 볼 가치는 충분히 차고 넘쳤다. 맞바꿀 타깃이 대한민국 대표 재벌 도신그룹 후계자 황태용(이종원)이라면 더더욱.

가난은 오래전부터 드라마의 단골 소재다. 부자와 빈자의 사랑, 부자와 빈자의 우정, 부자와 빈자의 경쟁 등 변형도 무궁무진하다. 특히 태생적 가난을 벗어나는 일은, 주인공이 극복해야 할 시련의 형태로 자리하곤 했다. 익숙한 클리셰다. 어렵게 공부해 명문 법대에 진학하고 사법고시를 패스해 성공한 법조인으로서 성장하는 구조는 통상적이다. 이 과정에서 주인공의 노력과 재능이 시너지를 내거나 난관에 봉착하며 개연성을 부여한다. 저 멀리 <모래시계>(1995)나 <젊은이의 양지>(1995)까지 거슬러 올라가지 않더라도 당장 근래에도 수두룩했다. 태생부터 금수저인 같은 반 친구와의 마찰, 이로 인해 아버지가 학교로 호출되고 아들의 징계를 막기 위해서 자식 앞에서 굴욕적인 일을 겪는 것도 마다하지 않는다. <금수저>와 상당 부분 유사한 도입부를 보이는 이 작품은

2020년 방영된 JTBC <이태원 클라쓰>다. 주인공 박새로이 (박서준)는 <금수저>와 달리 부조리한 현실의 수렁에 더 깊숙하게 빠져들어 아버지의 억울한 죽음, 징역 등 갖은 고초를 겪는다. 출소 후 원양어선을 타고 일하며 번 돈으로 포차를 차리는 과정까지 적잖은 어려움이 산재한다. 축적된 인적 네트워크가 성공으로 향하는 일련의 과정에서 도움이 되는 경우도 있지만, 엄밀하게 따지면 이 역시 주인공의 노력이나 행동을 담보로 얻은 재산에 속한다.

하지만 <금수저>는 다르다. 단 3번의 식사 만으로 인생이 송두리째 변화하니 더 효율적이다. 훨씬 더 간단하고, 더욱 완벽하다. 운명 자체가 바뀌어, 후천적 금수저로 거듭난다. 그저 '부모'가 바뀌었을 뿐인데 자신을 둘러싼 세상 모든 것이 180도 변화함을 직접 목도한다. 한 달 용돈 8천만 원, 백화점 명품관에서 마음껏 카드를 긁어도 좀처럼 마르지 않는 화수분이다. 가난했던 자신을 괴롭혔던 이들에게 폭언과 폭력을 행사해도 누구 하나 제대로 반발하는 이가 없다. 보이지 않는 계급으로 나누어진 대한민국에서 최상층을 꿰찬 덕분이다. 답답한 개연성은 모두 차치하고, 그저 꿈같은 일이 상상처럼 즉각 펼쳐진다. 굵직한 스타급 주연 배우 없이 아이돌 그룹 출신 배우 육성재와 정채연이 주축이 됐음에도 호성적을 일궈낸 것은 분명 주목할 대목이다. 시청자가 원하는 요소를 파악해 그것을 충족시켰다는 이야기니깐.

티빙과 웨이브에서 선보인 시리즈 <개미가 타고 있어요>와 <위기의 X>가 주식, 코인, 그리고 부동산까지 피부에 와닿는 리얼함 돋는 소재들을 모두 소환한 것 역시 작금의 현실을 충실하게 반영한 결과다. 우연히 700억이라는 거액이 자신의 명의로 되어있다는 사실을 알게 됨으로써 인생이 송두리째 바뀌는 드라마도 있다. tvN 드라마 <작은 아씨들>이다. 거대 세력의 위협, 주변인의 죽음, 그리고 위기의 순간들이 반복적으로 산재하지만, 어떻게든 꿋꿋하게 버텨낸다. 떨어질 것 같지 않던 끈덕진 가난으로 쳇바퀴 인생을 꾸역꾸역 살아가던 무기력한 첫째 오인주(김고은)의 인생에 생기와 집착을 불어넣은 것은 다른 무엇도 아닌 '돈'이었다. 노력과 전혀 무관하게, 우연처럼 날아든 천문학적 수치의 현금 말이다. 도무지 노력으로 얻을 수 없다는 점에서는 스릴러 장르임에도 판타지 장르인 <금수저>와 일면 맞닿은 부분이 존재한다.

요즘의 작품은 '돈'을 행복의 최우선 조건으로 설정한다. 돈이 적거나 없다는 것은 곧 인생이 불행함을 뜻하고, 많은 돈이 생긴다는 것은 언제든 행복으로 직진할 수 있는 기회를 잡았다는 것을 의미한다. 가난은 '불행'이 아닌 '불편함'이라는 말은, 설득력을 잃은지 오래다. 오히려 불행을 넘어 우리의 '생명'과 직결되는 요소처럼 그려진다. 돈이 없어서 자발적 죽음을 택하는 가족이('금수저') 있고, 돈이 없어서 살 수 있는 기회를 놓쳐버린 아이('작은 아씨들')도 있다. 드라마 속에서 그려지는 돈은, '생존' 자체다. 드라마는 현실을 반영하고, 현실을 반영하는 작품이 시청자의 공감을 이끌어낸다.

　　누군가의 삶을 빼앗아 막대한 자본으로서 행복을 거머쥔 <금수저>의 주인공이 맞이하는 결말은 과연 어떻게 향할까. 그게 무엇이 됐든 우리의 마음에 스며들어 언젠가 실제 삶에서의 의식과 행동 발현에 영향을 끼치게 될 것이 자명하다. 현실이 어둡고 퍽퍽할지라도 콘텐츠를 자양분 삼아 우리 내면에서 싹 틔울 열매만큼은 조금이라도 따뜻하고 희망적이었으면 하는 바람이 짙다.

입시·사교육과 결합한 사랑·사람 이야기
<일타 스캔들>

입시를 소재로 한
신선한 로코
<일타 스캔들>

: 서로의 결핍을 채워가는 이야기

tvN 16부작 드라마 <일타 스캔들>
Crash Course in Romance | 2023.1.14~3.5

대한민국 입시와 사교육을 소재로 한 작품이라면, 으레 2018~2019년 방영된 JTBC 드라마 <SKY 캐슬>부터 떠올린다. 대한민국 상위 0.1%가 모여사는 공간 'SKY 캐슬'을 배경으로 학부모들의 욕망을 적나라하게 그려낸 해당 작품은 최종회 시청률 23.8%(닐슨코리아, 유료가구 기준)를 기록하며 큰 사랑을 받았다.

이어 2020~2021년, 약 1년에 걸쳐 3개의 시즌을 선보인 SBS 드라마 <펜트하우스> 역시 상류층의 삶과 함께 한국 입시의 면면을 소재로써 차용했다. 서스펜스와 복수극을 적절한 비율로 버무린 이 작품은 시청률 30%에 육박하며 방영하는 내내 다양한 화제를 양산했다.

이들이 다뤘던 '대한민국 입시'라는 소재의 바통을 넘겨받은 것은 tvN 드라마 <일타 스캔들>이다. 앞선 언급한 작품인 <SKY 캐슬>과 <펜트하우스>가 자극의 끝을 보여주는 '강력한 마라맛'이라면, 유사 소재를 바탕으로 한 <일타 스캔들>은 오히려 '순하고 달달한 맛'에 가깝다. 치열한 입시 경쟁을 다뤘다는 점에서 유사성이 존재하지만, 결과적으로 '사랑'과

'사람'에 대한 이야기에 더욱더 초점을 맞췄다. 덕분에 '일타 스캔들'의 장르는 '로맨틱 코미디'다. 일련의 인기 작품을 순차적으로 경험한 덕분에 소재 자체는 익숙하지만, 접근 방식에 있어 의외의 신선한 맛을 느낄 수 있게 된 셈이다.

단어 존재 자체만으로 대한민국 입시의 현주소를 체감하게 만드는 '일타 강사'는 '일등 스타 강사'의 준말이다. 배우 정경호가 극 중 수학 과목 '일타 강사'인 최치열로 나오는데, 최치열의 수업을 수강하기 위해 학부모들이 아침 일찍부터 거리에서 길게 줄을 서는 광경은 억지스럽게 과장하거나 꾸며낸 상황이 아니라, 서울 대치동 등지에서 실제로 벌어지는 일이다. 작품에 등장하는 입시 학원의 모습은 디테일의 차이가 있을지언정, 중요한 골자 상당 부분이 현실을 있는 그대로 '리얼하게' 반영했다.

<일타 스캔들>은 tvN 드라마 <고교처세왕>(2014), <오나의 귀신님>(2015)으로 호흡을 맞췄던 유제원 감독과 양희승 작가가 8년 만에 의기투합한 작품으로 방영 전부터 주목을 받았다. 사람과 사람 사이에서 벌어지는 감정의 섬세한

변화를, 완성도 있게 담아낸 것은 제작진의 검증된 역량에서 비롯됐다. 물론 대본에 새겨진 글자들을 화면의 문법으로 옮겨 안방극장에 옮긴 것은 배우들이다. '칸의 여왕'이라는 수식어에 걸맞게 흠잡을 데 없는 연기력을 보유한 전도연, <슬기로운 감빵생활>부터 <슬기로운 의사생활> 시즌 1~2까지 인상적인 연기를 펼치며 배우로서의 전성기를 맞이한 정경호가 부여한 또렷한 생명력이다. 전도연과 정경호의 호흡은, 볼수록 빠져드는 흡인력을 무기로 한다.

특히 <프라하의 연인> 이후 약 17년 만에 로맨틱 코미디 장르로 귀환한 전도연이 만들어낸 '남행선'은 매력이 차고 넘친다. 1973년생으로 50세의 나이를 목전에 두고 있는 전도연은 일부 여배우처럼 무리하게 나이를 역행하려 애쓰지 않고, 오히려 나이 든 그대로의 자연스러운 모습으로 공감대를 자아낸다. 자꾸만 나오는 '선 넘는' 사랑스러움은 덤이다.

최치열(정경호)과 남행선(전도연)의 관계는, 서로의 결핍을 채우는 것에서부터 비롯된다. 부와 명예, 모든 것을 다 가진 완벽한 최치열의 결핍은 '허기'다. 긴 시간 섭식장애에 시달리며 고통받던 그가 유일하게 먹을 수 있는 것은 남행선이 만든 반찬과 도시락뿐이다. 어린 해이(노윤서)와 몸이 불편한 남동생 재우(오의식)를 돌보기 위해 국가대표 핸드볼 선수의 커리어를 과감히 내려놓은 남행선의 빈칸은 '자신의 삶'이다. 이는 아이러니하게 해이의 입시를 위해 뛰어든 사교육 현장에서 마주하게 된 '일타 강사' 최치열을 통해 조금씩 조금씩 채워진다.

사랑이란 서로의 결핍을 채워주는 일이라고 하지 않았나. 타인을 위해 자신의 삶을 스스로 담보 잡힌 남행선과, 지독한 허기에 시달리는 최치열이 서로의 빈칸을 보듬어 해피엔딩으로 나아가기 위해 발버둥친다.

<일타 스캔들>은 입시를 소재로 한 로코지만, 결국 '사람'과 '인생'에 대한 이야기로 쭉쭉 뻗어간다. 우리 인생은 최치열이 알려주는 수학 문제처럼 정답이 존재하지 않는다. 공식과 법칙으로 명쾌하게 답을 만들어내는 것도 당연히 불가하다.

그러니 그걸 그대로 받아들이고, 남행선의 조언처럼 이렇게 저렇게 더듬더듬 답을 찾아보려 애쓰면서 나아가면 그것으로 충분하지 않을까.

힐링도 판타지가 된 세상
<박하경 여행기>

옴니버스 구성,
여덟 편의 짧은
독립영화를
감상하는 기분

웨이브 8부작 드라마 <박하경 여행기>
One Day Off | 2023.5.24~5.31

'사라져 버리고 싶은 순간, 토요일 딱 하루의 여행!' 어느 누가 솔깃하지 않을까. 듣는 순간 곧장 마음을 뺏길 수밖에 없는 이 매력적인 문구는 토종 OTT 웨이브 시리즈 <박하경 여행기>의 로그라인이다. 과거 유행했던 광고 카피 '열심히 일한 당신 떠나라'의 멋부린 업그레이드 버전이랄까. 무엇 하나도 녹록지 않은 현대 사회의 틈바구니에서 벗어나, 어딘론가 훌쩍 떠나거나 사라지고 싶다는 생각은 누구나 한 번쯤 했을 터. 요컨대 <박하경 여행기>는 이러한 이들의 간절한 바람을 화면 속 캐릭터에 접목시켜 대리 만족을 시켜주는 이야기인 셈이다. 더욱이 코로나로 인해 오래 발목이 묶인 탓에, 여행에 대한 욕구는 그야말로 최고조에 달한 상태다.

　느릿하게 흐르는 잔잔한 화면 속 박하경(이나영)이 걷고 먹고 멍 때리는 모습을 보고 있자면, 요란하지 않고 느긋하게 어딘가로 스며드는 기분이 느껴진다. 연차나 휴가를 양껏 짜내고 비행기 티켓까지 구비해 큼직한 캐리어를 끌며 떠나는 부담스러운 여행이 아니라, 토요일 딱 하루 당일치기 국내 여행이다. 평범한 고등학교 국어 교사 박하경은 해남의 땅끝 마을로, 군산으로, 부산으로, 속초로, 그리고 대전과 제주, 경주로 휙 떠난다. 총 8개의 에피소드로 구성된 <박하경 여행기>는 6회 서울편을 제외하면 전국 곳곳을 누비며 해당 지역의 특성을 화면에 담아낸다. 떠나는 모습이나, 현지에서의 여행은 전혀 뻔하지 않다. 편안하면서도 다이내믹하고, 슴슴한데 꽉 차 있다는 연출자의 설명이 꽤나 적절하다.

<박하경 여행기>는 오랜만에 웨이브가 힘주어 선보인 오리지널 시리즈로, 배우 이나영이 이종석과 호흡했던 tvN <로맨스는 별책부록>(2019) 이후 무려 4년여 만에 복귀한 작품이다. 당연히 공개 전부터 적잖은 화제가 됐다. 이나영은 드라마 <네 멋대로 해라>나 영화 <아는 여자>에서 보여준 것처럼 고유한 매력을 지닌 배우다. 토요일 당일 여행을 떠나는 '박하경'을 연기하는 이가 이나영 배우라는 것은, 의심할 여지 없이 작품에 있어 굉장한 강점이 됐다.

옴니버스 구성으로 매회 인상적인 배우들이 특별출연을 통해 박하경과 특별한 에피소드를 만들어낸다. 모든 회차는 유기적으로 연결되어 있고, 당연하게도 그 중심에는 박하경이 자리한다. 박하경 역의 이나영과 호흡하는 이들의 면면도

화려하다. 한예리, 구교환, 심은경, 서현우, 박인환, 길해연, 조현철, 선우정아, 신현지는 각자가 맡은 인물에 여실히 녹아들었다. 각 회차가 약 25분 안팎으로 구성된 것도 인상적인데, 60분을 꽉 채우지 않는 미드폼 분량으로 별다른 사건사고 없이 느슨하게 흐르는 스토리임에도 결코 지루함이 느껴지지 않는다. 더불어 모든 에피소드가 하나의 완결된 모양새도 지니고 있어, 실상 여덟 편의 짧은 독립영화들을 줄줄이 감상하는 느낌을 자아낸다.

현재의 제자와 과거의 제자가 교차되는 2화 '꿈과 우울의 핸드드립' 편은 특별히 매력적이다. 박하경은 작곡가의 꿈을 좇아 대학을 포기하겠다는 고3 제자에게 현실적 조언만 쏟아내 미움을 산다. 그리고 또 다시 토요일, 군산을 방문해 과거 자신의 조언 덕분에 예술가가 된 옛 제자 연주(한예리)를 만나 과거의 자신을 마주한다. 성공한 예술가가 되진 못했지만, 자신의 선택에 후회하지 않기 위해 날갯짓을 하는 '불나방' 연주. 자신의 한계를 알지만, 그것을 인정하는 순간 주저앉을 것 같아 필사적으로 발버둥 친다. 주변에서는 꿈을 꺾는 우려와 조언을 흩뿌리지만, 박하경의 소신 있는 응원으로 말미암아 연주는 다시 한번 강한 생명력을 부여받아 힘껏 날아오른다. 서울로 돌아간 박하경은, 아마도 현재의 제자에게 더 좋은 이야기를 들려주지 않았을까.

2020년 10월 개봉해 이듬해 개최된 '제57회 백상예술대상'에서 영화부문 작품상을 수상한 영화 <삼진그룹 영어토익반>의 이종필 감독이 해당 작품으로 호흡을 맞췄던 손미 작가와 선보인 첫 번째 시리즈가 바로 <박하경 여행기>다. <삼진그룹 영어토익반>에서 각 캐릭터에게 덧입힌 촘촘한 서사와 '피식'하고 웃음을 안기는 유머 코드가 이번 작품 <박하경 여행기>에서도 건재해 묘한 반가움을 안긴다.

<박하경 여행기>는 솔직하고 따뜻하다. 화면을 보는 것만으로도 포근한 감정을 만끽할 수 있을 만큼 무척이나 좋다. 다만 슬픈 것이 있다면, 한때 유행처럼 모두가 환호했던 '힐링'이라는 단어가 이제는 한낱 판타지처럼 막연하게 느껴진다는 사실이다. 작품의 문제가 아닌 우리가 살고 있는 시대의 문제 때문이다. 여행을 떠난 낯선 곳에서 만난 누군가와 관계를 맺고 힐링을 얻는 모습은 왠지 동화 속 이야기처럼

생경하다. 잊을 만하면 뉴스면을 장식하는 '묻지마 폭행' 같은 끔찍한 사건이 타지에서 모르는 누군가를 경계하게 만든 탓이다. 치솟는 물가에 허리띠를 졸라매며 '무지출 챌린지'를 권하는 요즘 세대에게 '훌쩍 떠나는 여행'도 사치처럼 느껴진다.

어쩌면 우리는 '힐링'도 판타지가 된 세상에 살아가는 것인지도 모르겠다.

로맨스에 진심인 편
<보라! 데보라>

K-드라마는
언제나 '연애'에
진심이었다

: 웃음과 공감, 위로까지 주는 로코

ENA 14부작 드라마 <보라! 데보라>
True To Love | 2023.4.12~5.25

한국 드라마의 가장 큰 특징을 꼽자면 '연애'의 존재다. 의사든, 변호사든, 경찰이든, 운동선수든, 아무튼 어떤 장르의 어떤 작품에 어떤 캐릭터가 등장해도 결국에는 '사랑하는 이야기'로 무조건 귀결됐을 정도니깐 말이다. 분명 다른 이야기를 하는 것 같았는데, 자세히 보면 결론은 또 다시 사랑이었다. 사랑으로 점철된, 유사성 짙은 작품들이 공산품처럼 마구 쏟아지자 이러한 행태에 대한 비난과 비아냥까지 등장하기도 했다. '로맨스'에 냉랭한 분위기가 지속되자, 한국 드라마도 점차 '러브라인'이 존재하지 않는 작품을 적극적으로 선보이게 됐다. 언젠가부터 언론과 여론은 이러한 '無로맨스' 작품을 더 높이 평가하는 분위기도 생겼다. 한국 드라마에서 로맨스의 입지가 상대적으로 좁아지게 된 이유다. 최근의 엔터 제작자 혹은 투자자 역시 "로맨스 장르로는 큰 흥행을 기대하긴 힘들다"라고 입을 모으고 있다.

이러한 흐름은 드물게 등장하는 몇몇 로맨스 작품을 반기는 의외의 반작용으로 이어졌다. 일단 마주하면 정주행을 강력하게 유발하는 ENA 드라마 <보라! 데보라>가 딱 적절한 예다. "연애는 전략이 필요하다"는 연애코치 데보라(유인나)

와 "연애는 진정성"이라는 출판 기획자 이수혁(윤현민)이 함께 티격태격하며 연애서를 만드는 이야기가 주축이 된다. 주인공인 보라의 직업이 연애 코치이자 연애 칼럼니스트이다 보니 자연스레 스토리 대부분은 연애로 집중된다. 총 14부작인 <보라! 데보라>는 전반부를 할애해 결혼을 앞둔 보라가 연인이 바람을 피는 장면을 직접 목격하고, 바닥까지 추락해 다시 추스르고 일어서는 것을 리얼하게 다뤘다. 타인의 연애 훈수에는 언제나 당당하게 자신감 넘치던 보라였지만, 정작 자신에게 닥친 혼란스러운 연애에는 그저 속수무책으로 무너졌다. 쓰레기더미 앞에서 싸우다가 쓰레기차 후미에 매달려 서로를 힐난하는 엑스 연인의 추태는, 씁쓸한 웃음을 만들어냈다.

이러한 <보라! 데보라>의 강점은 '실제로 있을 법한' 사람과 상황에서 비롯된다. 시청자들의 주요 반응은 "이거 완전히 내 이야기 같다"로 피어난 공감대다. 사랑을 시작하는 연인, 사랑에 익숙해진 부부, 사랑을 의심하는 남녀, 사랑을 끝내려는 연인 등 다양하게 펼쳐진 카테고리에 시청자는 자신의 과거와 현재 등을 대입시켜 몰입한다. 만취해서 벌인, 절로 '이불킥'을 소환하는 행위들, 공개 고백에 대한 남녀의 극심한 온도차, 쿨한 척하지만 하나도 쿨하지 않은 연애 감정, 헤어지고 예고도 없이 불현 듯 흘러내리는 눈물 등 등장 에피소드 하나하나가 허투루 넘길 것이 없을 정도다. 몇 번이고 곱씹어도 전혀 질리지가 않는다.

배우들의 연기도 무척 훌륭하다. 타이틀롤을 맡은 유인나의 연기는 흠이라곤 잡을 곳이 없다. 이렇게까지 망가지고, 이렇게 불쑥 사랑스럽고, 이렇게나 자연스러운 '보라'를 유인나가 아니면 과연 누가 구현 가능할까 싶을 정도다. 지난 2009년 시트콤 <지붕뚫고 하이킥>부터 드라마 <시크릿 가든>(2010), <최고의 사랑>(2011), <인현왕후의 남자>(2012), <별에서 온 그대>(2013), <마이 시크릿 호텔>(2014), <도깨비>(2016), <진심이 닿다>(2019) 등으로 이어진 유인나의 성장은 이미 완성형에 가깝다. 유인나는 호흡을 맞추는 윤현민, 주상욱, 황찬성, 그리고 박소진과 각각 시의적절한 화학작용을 만들어내며 섬세한 연기합을 조율하고 생성한다.

이를 화면으로 전환시키는 것은 제작진의 몫이다. 연출을 맡은 이태곤 감독과 대본을 집필한 아경 작가는 앞서 배우 정우와 오연서가 주연한 <이 구역의 미친X>(2021)으로 한 차례 호흡을 맞춘 바 있다. 당시 작품 역시 큰 웃음을 유발하는 로맨틱 코미디 장르였지만, 분노조절장애와 대인기피증 등 정신병을 주된 소재로 차용되면서 다소 작위적이거나 극단적 상황을 만들어낸 탓에 보는 이의 공감과 몰입감을 덜어낸 점이 아쉬웠던 터. 이러한 갈증은 <보라! 데보라>를 통해 확실하게 꽉 채워진 모양새다. 여전히 미약한 채널의 힘은 아쉬움이다. 앞선 카카오TV나 지금의 ENA처럼 접근성 낮은 플랫폼으로 생기는 상대적으로 높은 진입 장벽을 감당하는 게 여간 쉽지 않다. 1%대 시청률이 그 결과다.

본디 <보라! 데보라>의 제목은 <연애에 진심인 편>이었다. 유인나가 맡은 보라라는 인물에 더 힘이 실리면서, 지금의 제목으로 바뀌게 된 셈이다. 전술한 것처럼 한국 드라마는 항상 '연애에 진심인 편'이다. 한류를 만들어내고 글로벌 흥행을 일궈낸 여러 작품들 중 상당수가 로맨스를 주축으로 했다는 사실을 그 누구도 부정할 수 없을 정도로. K-드라마가 가장 잘 할 수 있는 소재를 묻는다면, 그것 역시도 '로맨틱 코미디'다. 생전 겪어본 적 없는 심각한 장르물로 일상에서 느끼지 못한 신선한 자극을 마주하는 것도 좋지만, 요즘처럼 지치고 힘든 일이 거듭되는 시기에는 <보라! 데보라>처럼 웃음과 공감을 안겨주는 로맨틱 코미디 작품이 필요한 것은 아닐까. 이태곤 감독 역시 이번 작품에 대해 이러한 바람을 내비쳤다. "마음이 무거운 시기에 우리 드라마가 잠시라도 웃을 수 있게 하고, 위로가 되었으면 좋겠다."

죽음 앞에서 선악을 묻다
<콘크리트 유토피아>

어떤 선택이
옳은가?
인간의 도덕적
딜레마

영화 <콘크리트 유토피아>
Concrete Utopia | 2023.8.9

'만약 나라면?'

영화나 드라마를 보면서, 등장인물에 자신을 대입하는 경우는 흔한 일이다. 특정 캐릭터에 동화되어 감정을 이입하면, 작품에 대한 몰입감이 증가하는 효과도 있다. 스토리를 온전히 따라가다 어떠한 선택의 순간을 맞닥뜨리면, 해당 인물이 자신이라고 가정하고 고민에 빠져드는 것은 자연스러운 맥락이다.

영화 <콘크리트 유토피아>는 대지진으로 폐허가 된 서울에서 유일하게 남은 황궁 아파트로 생존자들이 모여들며 시작되는 이야기를 그린다. 박찬욱 감독 작품의 조연출로 호흡했던 엄태화 감독이 선보인 신작으로, 2023년 여름 개봉 국내영화 빅4로 꼽히며 기대를 모았던 작품이다. 배우 이병헌을 위시해 박서준, 박보영의 출연 소식은 여기에 힘을 보탰다.

<콘크리트 유토피아>는 로그라인에서 보여지듯, 디스토피아를 근간으로 포스트 아포칼립스를 다루고 있다. 대지진

이라는 자연재해로 서울이라는 도시가 인간이 살기 힘든 환경으로 변모한 직후 이야기를 그려낸다. 독특한 지점은, 지진에 무너지지 않은 황궁 아파트 103동 거주민이 새롭게 시작되는 시대의 권력층이 되는 일련의 흐름이다. 인간의 생존과 직결하는 '주(住)'가 지진이라는 재앙을 맞이해 극단적으로 희소해지며 발생한 현상으로, 이는 고가의 아파트로 부와 권력을 가늠하게 되는 요즘의 세태와 맞닿아 있어 리얼함을 배가시킨다.

선악이 명확하게 나뉘는 이전 작품과 달리, 이 작품 <콘크리트 유토피아>는 보는 내내 선악에 대한 질문을 스스로 되뇌게 만든다. 다양한 포스트 아포칼립스물에서 직면했던 현상과 맥을 같이 한다. 완전하게 변모한 세상에서, 이전의 법과 도덕이 여전히 유효한가에 대한 성찰이다. 유사한 상황이 발생했을 때 관객 각자의 선택에 대한 고민은, 작품 속에 다양하게 등장하는 주조연을 향한 선택적 동조와 몰입을 통해 적극적으로 실현된다.

황궁아파트 103동 주민 대표인 '영탁'(이병헌), 가족을 보호하려고 안간힘을 쓰는 공무원 '민성'(박서준), 자신만의 확고한 신념을 지키는 '명화'(박보영), 아파트 부녀회장 '금애'(김선영), 외부에서 살아 돌아온 '혜원'(박지후), 비협조적 주민 '도균'(김도윤) 등 생존을 위해 각각의 선택을 하는 캐릭터의 향연과 시간의 흐름에 따른 상황과 심리의 변화가 주요 볼거리다.

동시기 개봉한 크리스토퍼 놀란의 영화 <오펜하이머>도 형태는 다르지만, 유사한 요소가 포착된다. <오펜하이머>는 크리스토퍼 놀란 감독이 처음으로 만든 전기(傳記) 영화로, '원자 폭탄의 아버지'라고 불리는 J. 로버트 오펜하이머의 이야기를 다룬다. 제2차 세계대전 당시, 핵개발을 위해 '맨하튼 프로젝트'에 참여했던 천재 과학자 오펜하이머 역은 크리스토퍼 놀란 감독의 페르소나로 손꼽히는 배우 킬리언 머피가 사실적으로 소화했다.

대규모 살상 무기인 원자폭탄을 만드는 과정에서 과학자이기 이전에 한 명의 불완전한 인간으로서 겪게 되는 고뇌는, 도덕적 딜레마다. 오펜하이머는 인간에게 불을 가져다

준 신화 속 프로메테우스에 종종 비견된다. 그의 전기를 다룬 책이자, 영화 <오펜하이머>의 원작으로 꼽히는 평전 타이틀이 《아메리칸 프로메테우스》인 것은 이런 이유다. 오펜하이머가 만든 원자 폭탄 역시 '불'처럼 인간을 구할 수도 죽일 수도 있다. 일본의 히로시마와 나가사키에 떨어진 핵폭탄은 무수히 많은 생명을 앗아갔지만, 결과적으로 제2차 세계대전을 종식시키는 역할을 했다.

'도덕적 딜레마'는 어떠한 상황에서 두 개 이상의 도덕적 원칙이 충돌하여 결정을 내리기 어려운 상황을 뜻한다. <오펜하이머>와 그의 동료들이 맞닥뜨린 것은, 이분법으로 명확하게 구분되는 선악의 선택이 아닌 도덕적 딜레마다. 오펜하이머라는 실제 인물에 초점을 맞추며, 거대했던 전쟁 앞에 한 사람의 고뇌와 함께 핵폭탄이라는 존재에 대한 윤리적 질문을 던지는 서사. 트리니티 실험과 종전 이후에 오펜하이머를 끊임없이 괴롭히는 잔혹한 상황은, 흡사 프로메테우스가 겪는 형벌을 떠올리게 만든다.

황궁아파트 103동 주민 외 사람을 '바퀴벌레'라고 지칭하며 식량과 목숨까지 앗아가는 <콘크리트 유토피아> 인물들의 상황 역시 도덕적 딜레마에 가깝다. 사랑하는 나의 가족을 위해, 함께 생존을 도모한 103동 주민을 위해, 그리고 당장 내가 지옥 같은 현실에서 살아남기 위해서 남에게 위해를 가한다. 이를 무조건적으로 비난할 수 없는 것은, 가치에 대한 우선순위의 충돌에서 비롯된다. 우리는 오펜하이머와 유사한 상황에 직면하거나, 황궁아파트 103동의 주민 입장이 된다면 과연 어떠한 선택을 하게 될까.

SNS 너머의 삶

<행복배틀> & <셀러브리티>

'셀러브리티'의 SNS '행복배틀'

: 화려한 인플루언서의 이면들

ENA 16부작 드라마 <행복배틀>
Battle for Happiness | 2023.5.31~7.20
& 넷플릭스 12부작 시리즈 <셀러브리티>
Celebrity | 2023.6.30

SNS(Social Network Service)는 우리 삶 아주 깊숙한 곳까지 침투해 있다. 우리는 아무도 시키지 않았음에도 자발적으로 SNS에 자신의 일상을 낱낱이 공개하고, 그곳에서 새로운 인간관계를 맺거나 기존 관계를 공고히 하려 부단히 애를 쓴다. 매 순간 새로운 정보를 얻고, 일상과 관련된 다양한 물품을 사고파는 것도 지극히 자연스럽다. 웬만한 일들은 대부분 SNS와 촘촘하게 연결되어 있다. 이제는 SNS가 없는 삶은 상상조차 되지 않을 지경이다.

드라마는 실제 삶을 흥미롭게 가공하거나 소재로 차용하는 경우가 많다. 그러니 SNS와 관련된 작품이 등장하는 것도 이상하지 않다. ENA 드라마 <행복배틀>도 이러한 SNS를 작품에 적극 활용한 작품 중 하나다. 해당 작품에는 '내 행복을 위해서 남의 행복을 부숴버리며 치열한 SNS 배틀을 벌이던 엄마들'이 줄줄이 등장해 시선을 사로잡는다. 이미지를 전면에 내세운 SNS가 '남에게 보여주기 위한 자랑거리를 열거하는 공간'이라는 일부의 평가를 극단적으로 형상화한 셈이다.

화려한 셀러브리티와 그 이면에 감춰진 추악한 이야기의 끈덕진 결합은 SNS가 세상에 등장하고 줄곧 등장한 낯익은 레퍼토리다. 이를 고급 아파트라는 주거공간과 연결, '부유층'과 '한국의 학부모'라는 특정 집단으로 한정해 리얼함을 덧입혔다. 주인공이라 여겨졌던 이가 초반부터 빠르게 죽는 파격적인 스토리는 2018~2019년 방영된 JTBC 인기 드라마 <SKY 캐슬>과 유사하고, 아파트를 배경으로 학부모들의 신경전과 여러 비밀들이 차례로 벗겨지는 모양새는 2022년 방영됐던 드라마 <그린마더스클럽>을 떠올리게 만든다.

몇 번이나 봤음직한 형태지만, 그것이 결코 흥미를 떨어뜨리는 요소로써 작용하진 않는다. 누구에게나 부러움을 자아내는 SNS 피드 너머에 불행과 욕망이 너저분하게 뒤엉켜 흡착되어 있을 것이라는 누군가의 간절한 바람과 상상은 이 작품을 통해 생명력을 부여받았다. 여기에 활력을 추가한 것은 이엘, 진서연, 차예련, 박효주 등 연기력을 검증받은 배우들의 활약이다. <행복배틀>이 ENA 채널의 여느 드라마들처럼 0%대 시청률로 시작했지만, 입소문으로 10회 만에 2%대로 상승한 것은 이러한 요소가 시너지를 만들어 냈기 때문이다.

서스펜스와 스릴러를 버무린 <행복배틀>의 전반적인 분위기가 다소 무겁고 어둑하게 흐른다면, 넷플릭스 12부작 시리즈 <셀러브리티>는 이보다 조금 가볍고 발랄한(?) 버전이다.

셀럽의 죽음을 통해 초반 스토리를 열고 '도대체 누가 왜 죽였느냐?'에 초점을 맞춰 이를 차근차근 풀어가는 주요 플롯은 <행복배틀>과 동일하지만, SNS를 단순한 소재 차원으로 활용하는 데 그치지 않고 전 회차를 관통해 응집된 주제로 직결시킨 점은 <셀러브리티>의 차별점이다. 해시태그 형식의 에피소드명을 사용한 것을 비롯해 실제 인스타그램 UI(User Interface)까지 반복 활용함으로써 작품 중심부까지 SNS를 과감하게 끌어들였다. 이러한 효과는 시청자들 타인의 SNS를 몰래 들여다보는 느낌은 물론, 화면 건너편 SNS 유저의 날것의 일상과 생각까지 몽땅 감상하고자 하는 욕망을 실현시켜주는 모양새다.

예측을 벗어나는 지점도 있다. 잔혹한 살인 사건이 등장하고 시종 무겁게 흘러가는 <행복배틀>이 15세 이상 시청등급인데 반해, 10대 시청자가 가장 혹할 수 있는 요소로 점철된 <셀러브리티>가 정작 '청소년 관람불가' 등급을 받았다는 사실이다. 이는 '셀러브리티'가 SNS를 접목시켜 펼쳐지는 스토리가 지속적이고 사실적으로 비춰진 탓에 청소년들에게 '모방위험' 등 유해한 영향을 끼칠 수 있다는 판단이 주효했다.

고졸 출신에 화장품 방문판매를 하던 서아리(박규영)가 하루아침에 SNS의 인플루언서가 되는 <셀러브리티>는 그 자체로 흥미를 자아낸다. 고가의 명품 브랜드가 실제 화면에 대거 등장하는가 하면 이사배, 씬님, 글렌체크, 나나 영롱 킴, 차현승, 기우쌤, 회사원A 등 실제 대중들에게도 익숙한 인플루언서도 다수 등장한다. 이상윤, 정유미, 이준호 등 주연급 배우들의 특별출연도 절대 놓칠 수 없는 볼거리다.

동시기에 대중을 만난 두 드라마 <행복배틀>과 <셀러브리티>가 SNS와 그 속의 인플루언서들의 화려한 이면을 헤집어서 꼬집고, 그것에 대한 나름의 해결책이나 고민을 화두에 올린 것은 인상적이다. 다만, 그러한 이야기를 하는 이들 작품 역시 방송사의 시청률이나 온라인동영상서비스(OTT) 플랫폼 순위에서 자유로울 수 없다는 것, 그래서 각 작품들 역

K- 콘텐츠로 보는 현대사회 |

시 대중의 관심을 좀 더 끌어보고자 적지않은 비용을 들여 홍보와 마케팅에 한껏 열을 올리는 현실은 작중 인플루언서의 모습과 묘하게 겹쳐지며 아이러니함을 안긴다.

한국 SF의 현주소
<정이>

지독히 한국적인 SF
<정이>가 남긴 것

: 고퀄의 CG와 한국적 정서의 컬래버레이션

넷플릭스 영화 <정이>
Jung-E | 2023.1.20

SF 영화(Science fiction films)는 한국에서 여전히 쉽지 않은 장르다. 현시점에 존재하지 않는 사물과 배경을 화면 위에 그럴듯하게 구축해 내는 작업은, 고스란히 천문학적인 비용이 소요된다는 것과 직결되기 때문이다. 행여 대중의 눈높이를 만족시키지 못할 수준의 어설픈 그래픽이라도 발견되면, 모든 것을 차치하고 평생의 놀림거리로 전락될 우려도 존재한다. 막대한 자본으로 제작되는 할리우드 작품에 비해 상대적으로 적은 규모의 제작비가 집행되는 우리나라가 해당 장르에 열세인 것은 지극히 자연스러운 이치다.

그러한 점에서 넷플릭스를 통해 공개된 영화 <정이>는 충분히 의미가 있다. 시청하고 나면 '한국도 이제 로봇이 등장하는 SF 장르를 이렇게까지 만들 수 있구나' 하는 생각이 절로 솟아나기 때문이다. 기후 변화로 폐허가 된 22세기의 지구, 지구를 벗어나 이주한 쉘터에서 발발한 전쟁, 전쟁에 투입된 용병들, 그리고 전투 A.I.(Artificial Intelligence) 존재 등, <정이>를 구성하는 굵직한 스토리 라인은 일반 대중에게 충분히 익숙한 범주다. 설정과 소재, 그리고 화면에 등장하는 면면은 이미 다양한 SF 장르를 통해 경험한 탓이다. 영화 <블레이드 러너>, 애니메이션 <공각기동대> 등으로 학습된 SF 장르의 정석적인 클리셰를 <정이>의 곳곳에서 발견할 수 있다.

이러한 영화 <정이>를 한국에서 탄생시킨 것은 연상호 감독이다. KTX에 올라탄 좀비를 통해 K-좀비의 무서움을 전 세계에 전파한 영화 <부산행>, 아포칼립스와 K-좀비를 결합시킨 <반도>, 초자연적인 현상과 사후 세계에 대한 궁금증을 결합시켜 다룬 시리즈 <지옥> 등으로 '우리가 이제 이것도 돼?'를 유발하게 만든 연상호 감독은 이번 작품인 <정이>를 통해 다시 한번 한국 영화의 활동 영역을 한 뼘 정도 확장했다. 이러한 일련의 행보는 연상호 감독의 독특한 세계관을 '연니버스(연상호+유니버스)'라고 통칭하게 이끌었다. 그러니깐 '정이'는 연 감독의 연니버스를 통해 명징한 생명력을 부여받고 세상 바깥으로 나왔다.

<정이>를 만든 게 연상호 감독이라면 <정이>에 생기를 부여한 것은 강수연과 김현주, 두 베테랑 배우다. 특히 '정이'는 강수연의 11년 만의 복귀로 공개 전부터 크게 화제가 된

작품이었는데, 강수연이 해당 촬영을 마치고 뇌출혈로 세상을 떠나면서 결국 유작이 되었다. 극 중 연합국 리더 출신이자 뇌 복제 실험의 대상이 되는 윤정이(김현주), A.I. 전투용병 '정이'의 개발을 전담하는 팀장인 윤서현(강수연)은 모녀 관계로 결과적으로 해당 작품이 한국적인 SF로 거듭날 수 있도록 주된 역할을 수행한다. 이들 곁에서 전개의 굴곡과 재미를 부여하는 이는 크로노이드 연구소장 상훈(류경수)이다. 상훈 역의 류경수는 연상호 감독의 전작 <지옥>에서도 '유지 사제'라는 캐릭터로 확실한 임팩트를 남겼던 이력이 있다.

러닝타임 내내 단연코 돋보이는 것은 로봇과 미래 공간 구현이다. SF 영화의 필수불가결한 비주얼의 완성도는 흡족한 수준이다. 특히 초반과 말미를 장식하는 안드로이드의 액션신은 굉장히 인상적. 해당 장면을 위해 작품 투입 3개월 전부터 1대 1 액션 트레이닝을 받은 김현주의 노력이 스며든 결과이기도 했다. 전면에 앞세운 리얼한 CG를 걷어내면 엄마와 딸의 애절한 스토리가 깊숙하게 뿌리내리고 있다. 작품 관련 리뷰에서 유독 '눈물'에 대한 반응이 다수를 차지하는 것도 이러한 연유에서다. 연상호 감독은 작품에서 종종 인간의 보편적인 감성으로 꼽히는 신파적 요소를 부여해 감성을 자극하는 것에 능숙하다.

　<정이>를 향한 해외 반응은 뜨겁다. 공개 3일 만에 1,930 만 시청 시간을 기록하며 넷플릭스 글로벌 TOP 10 영화(비영어) 부문에서 1위를 차지했으며, 한국을 비롯해 미국, 독일, 스페인, 대만, 싱가포르 등 총 80개 국가 및 지역의 TOP 10 에 차트인했다. 객관적 성적뿐만 아니다. <정이>는 한국 영화의 SF 장르의 확장 가능성을 충분히 입증했고, 더불어 한국적인 요소들을 적절하게 결합시키는 차별화로 글로벌 호응까지 얻어냈다. '가장 한국적인 SF'라는 수식어까지 붙은 <정이>가 이후 K-무비의 진화에 유의미한 자양분이 될 것은 자명하다.

　인간의 뇌를 그대로 복제한 A.I.라는 존재는 인간의 정체성에 대한 철학적 고찰로 이어진다. '나는 누구인가'라는 원초적이고 본질적인 물음. 현대 사회에서 기계의 부품처럼 반복적으로 살아가는 인간, 인간이 아니지만 스스로의 존재에 대해 곱씹는 안드로이드라는 대조군을 통해 둘 사이의 경계

자체를 교묘하게 흩트린다. 연상호 감독은 이런 말을 얻었다. "SF는 먼 미래를 소재로 재미있는 상상을 펼칠 수 있는 장점이 있는 장르다. 그 상상을 통해 '현재'에도 연결되는 질문을 던지는 장르이기도 하다. <정이>는 아이콘으로만 존재했던 인물이 그 모든 것에서 해방되는 이야기로, 인간성이라는 것이 과연 인간만의 것인지 묻고 싶었다."

2회차 인생에 열광하는 1회차 인생들
<재벌집 막내아들>

당신이 만약
'재벌집 막내아들'로
회귀한다면

JTBC 16부작 드라마 <재벌집 막내아들>
Reborn Rich | 2022.11.18~12.25

상황이 얄궂다. 물가와 금리는 치솟고, 소득만 늘 제자리 걸음이다. 보통의 사람들에게는 그저 하루하루 버티는 일조차 버겁고, 사는 게 녹록지 않은 요즘 같은 시기에 이런 장르의 드라마가 선보이는 것이 그렇다. 기가 막힌 타이밍이다. 생전의 기억을 모두 가진 채로 회귀하는 인생, 더군다나 그 대상이 대한민국 최고 재벌가의 아이다.

제목부터 직관적인 JTBC 드라마 <재벌집 막내아들>은 우리의 팍팍한 현실의 '비상 탈출구'처럼 등장했다. 아등바등 애를 쓰고, 바득바득 노력해도 도저히 닿을 수 없을 것 같은 최상위 계층의 화려한 삶. 그들의 삶 언저리에서 굴욕스럽게 뒤치닥거리를 하며 연명했던 주인공 윤현우(송중기)는 거액의 해외 비자금을 회수해 오던 과정에서 억울하게 살해당했다. 그런데 눈을 떠보니, 다른 인물로 회귀했다. 그것도 자신이 한평생 다 바쳤던 바로 그 거대 재벌가를 이끄는 회장 진양철(이성민)의 막내 손자 진도준(송중기)이다.

지극히 판타지 같은 설정의 이야기는, 대한민국의 1980년대부터 2000년대를 고스란히 관통하며 우리가 익히 잘 아는 실제 이야기와 결합함으로써 사실감을 부여했다. 당장 1~3화에서 '대한항공 858편 폭파 사건(KAL기 폭파 사건)', '조선총독부 건물 폭파', '김영삼과 김대중의 단일화 협상 결렬' 등 굵직한 역사적 사건들을 비롯해 '서태지와 아이들 은퇴', 영화 <나홀로 집에>와 <타이타닉>의 글로벌 흥행과 같은 시청자의 향수를 자극하는 문화적 이슈들이 소재로 등장한다. 다가올 미래를 이미 알고 있으니, 개발을 앞둔 경기도 분당의 땅 5만평을 구입하고 되팔아 수백억 원의 차익을 실현하거나 은퇴한 서태지의 복귀 시기를 정확히 예측하는 일도 가능하다. 흥행 영화만 골라서 수입하거나 투자하는 일도 당연히 수월하다. 2회차 인생을 살고 있는 사실을 모른다면, 타인보다 월등하게 뛰어난 인재로 비춰지는 것은 당연하다. 그렇게 극중 진도준은 재벌가의 권력 중심부에 단시간에 합류한다.

이는 웹소설과 웹툰에선 공식처럼 익숙한 구조다. '막내아들'로 서칭만 해도 '검술명가 막내아들', '후작가의 역대급 막내아들', '마법명가 막내아들', '하북팽가 막내아들' 등 시대와 등장인물만 상이한 웹소설·웹툰 '회빙환'(회귀·빙의·환생) 장르가 차고넘친다. 그럼에도 여전히 보수적인 안방극장 TV시청자에게는 낯설었던 터. 물론 이러한 허들 역시 점차적으로 해소되는 분위기다. 앞서 이준기 주연의 SBS 드라마 <어게인 마이 라이프>를 통해 '회귀물'에 대해 이해도가 축척됐고, 육성재 주연의 MBC 드라마 <금수저>로 '빙의'에 대한 면역력(?)도 형성됐다. 덕분에 주인공이 다른 인물로 빙의해 회귀한 초자연적인 현상을 논리적이나 과학적으로 증명하고 납득시키는 지난한 과정을 과감하게 생략하는 게 가능했다. <재벌집 막내아들>의 방영 타이밍이 탁월했다는 것은 이러한 것까지 모두 포함한다.

드라마 <태양의 후예>부터 <빈센조>까지 흥행을 담보했던 송중기가 주연으로 나섰고, MZ의 취향을 저격하는 '회귀물'과 4050세대를 아우르는 시대물이 결합했다. 방영 전부터 예고됐던, 드라마 <재벌집 막내아들>의 시청률 흥행은 성공적이었다.

'금토'나 '토일'이 아닌 '금토일드라마'를 신설해 빠른 전개로 초반 몰입감을 높였다. 뿐만 아니다. JTBC를 통한 본방송이 끝나면 동시에 티빙, 넷플릭스, 디즈니+를 통해 국내 OTT 구독자를 만난다. 독점 방영이 아닌 경우는 더러 있지만 동시에 3사의 OTT 플랫폼에 모두 내보낸 것은 지극히 희귀한 케이스다. 해외는 홍콩을 본사로 한 아시아 OTT 플랫폼 Viu(뷰)가 해외방영권을 독점구매해 이를 전 세계 로컬 파트너(코퍼스, 라쿠텐 비키)로 재판매하는 형태로 170여 개국에 방영된다. 이 역시 독특한 형태다.

<재벌집 막내아들>은 송중기 외에도 이성민, 신현빈을 비롯해 윤제문, 김정난, 조한철, 박지현, 서재희, 김영재, 정혜영, 김현, 김신록, 김도현, 박혁권, 김남희, 티파니(소녀시대) 등 얼굴만 보면 쉬이 알법한 배우들이 곳곳에 포진해 있고, 각자의 캐릭터에 연기로써 생명력을 부여한다.

앞서 언급한 주3회 편성을 통한 빠른 전개, 복수의 OTT 플랫폼을 통한 접근성 용이 등이 작품의 경쟁력을 높이는데 일조해 <재벌집 막내아들>의 큰 흥행을 점치는 것은 어렵지 않았다. 모두, 작품을 통한 대리 카타르시스를 만끽했다. 다만 우리가 걱정해야 할 것이 있다면, 방송 후 화면을 끄고 실

시간으로 맞닥뜨리게 될, '헬 난이도'의 실제 현실 세상이다.

우리는 다들 1회차 인생을 사는 중이니깐.

편견의 그림자를 걷어낸
<정신병동에도 아침이 와요>

이해와 공감을 안겨주는
'전지적 환자 시점' 드라마

넷플릭스 12부작 시리즈 <정신병동에도 아침이 와요>
Daily Dose of Sunshine | 2023.11.3

정신질환은 더 이상 낯선 질병이 아니다. 그럼에도 이를 바라보는 사회 전반의 분위기는 여전히 부정적 색채가 또렷하다. 정신병동의 심리적 문턱이 상대적으로 낮아진 것은 분명하지만, 앞서 오랜 시간 그것을 감싸고 있던 대중의 편견과 선입견이 말끔하게 지워지지 않은 까닭이다. 무작정 감출 대상이 아니지만, 그렇다고 선뜻 먼저 얘기를 꺼내는 이는 극히 드물다. 뉴스의 사회면을 장식하는 사건사고에서 정신질환을 앓고 있는 범죄자의 소식이 다뤄지기라도 하면, 이러한 근심과 두려움은 배가된다.

넷플릭스 시리즈 <정신병동에도 아침이 와요>에 많은 이의 관심이 빠르게 쏠린 이유다. 모두 알다시피 잘 만들어진 콘텐츠는, 그 자체로 대중의 마음을 움직여 사회의 크고 작은 변화를 이끌 수 있는 힘이 있다. 2022년 방영돼 큰 인기를 얻은 ENA 드라마 <이상한 변호사 우영우>가 자폐 스펙트럼에 대한 사회적 관심을 촉발시켰던 것이 가장 가까운 예다. <정신병동에도 아침이 와요>는 제목에서 그대로 드러나듯, 정신병동에 대한 이야기가 극의 중심에 자리하는 드문 드라마다.

물론 '정신병동'을 배경으로 한 작품이 이번이 처음은 아니다. 2014년 방영됐던 노희경 작가의 SBS 드라마 <괜찮아, 사랑이야>에서는 정신의학과 전문의 지해수(공효진)와 조현병을 앓고 있는 작가 장재열(조인성)의 로맨스가 슬프고 밀도있게 그려졌고, 2020년 방영된 <사이코지만 괜찮아>는 정신병동의 보호사 문강태(김수현)와 반사회적 인격성향을 지닌 동화작가 고문영(서예지)을 중심으로 한 스토리가 흥미롭게 펼쳐진 바 있다. 더욱이 극 중 문강태의 친형 문상태(오정세)는 '우영우'와 마찬가지로 자폐 스펙트럼을 갖고 있었다.

다만, 해당 작품들이 로맨스에 무게 중심을 둔 채로 '정신질환'을 주요한 핵심 소재로 차용했다고 한다면 <정신병동에도 아침이 와요>는 스토리의 지분이 로맨스보다는 '정신질환'에 더 분배되어 있다. 이는 앞선 두 작품을 포함하여 그동안 꾸준하게 변화하고 축적된 사회의 분위기가 반영된 결과다. 대중도 충분히 이를 진중하게 받아들일 준비가 됐다는 소리다.

<정신병동에도 아침이 와요>의 주인공 정다은(박보영)은

내과 3년 차에 정신건강의학과로 전과한 간호사다. 정다은과 함께 정신병동에 근무하는 여러 간호사들, 의사와 보호사, 그리고 환자와 환자의 보호자 등 스토리를 이끄는 대부분이 예상대로 '정신병동'과 연결된 사람, 혹은 그들의 가족들이다. 작품은 환자별 에피소드를 순차적으로 나열하다가 불쑥 예상치 못한 시점에 돌발 상황들이 발생시켜 긴장감을 부여한다.

전술한 것처럼 다은은 정신병동 베테랑 간호사가 아니다. 그러한 이유로 이런저런 시행착오를 겪으며 성장하는 과정이 차곡차곡 쌓인다. 아니, 사실은 성장하나 싶었는데 오히려 삶에서 된통 고꾸라지는 위기에 직면한다. 그러면서 드라마는 힘주어 전한다. 정신질환은 언제, 어디서, 누구에게나 올 수 있는 예상할 수 없는 병이고, 정신병동 간호사라고 해도 결코 예외가 될 수 없다고.

이 작품에서 특히 도드라졌던 특색을 꼽자면, 각각의 환자들이 처한 심리적 상황을 시각화한 장면이다. 양극성 장애를 앓고 있는 환자가 유리로 된 동물원에 갇히고, 공황 장애에 괴로워하는 환자는 온 세상 가득히 물이 차올라 숨을 쉴 수 없다. 우울증에 빠진 다은은 거대한 늪에 빠진 듯 서서히 지면으로 가라앉으며 동시에 절망한다. 망상 장애에 빠진 이의 시선으로 보이는 환상은 그가 처한 상황으로의 몰입을 돕는다. 제작진은 1인칭 주인공이나 3인칭 관찰자 시점으로 억지스럽게 이해를 강요하려 하지 않고, '전지적 환자 시점'을 통해 누구든 쉽게 공감하고 이해할 수 있게 안내하는 역할만 수행한다.

이러한 전개 방식은 <정신병동에도 아침이 와요> 이남규 작가가 2019년 집필한 JTBC 드라마 <눈이 부시게>를 떠올리게 만든다. 작품 말미에서 드러나는 충격 반전으로 극의 장르까지도 송두리째 뒤집었던 <눈이 부시게>는 알츠하이머 환자의 입장에서 온전히 그의 시선과 생각을 긴 회차 동안 리얼하게 보여줌으로써 모두가 해당 병에 대해 깊게 이해하고 절절하게 공감할 수 있도록 만들었다. 현실에서는 절대 불가한 이러한 '역지사지'적 체험을, 드라마라는 포맷을 빌어 성공적으로 일궈낸 셈이다.

<정신병동에도 아침이 와요>는 끊임없이 정신질환에 대한 이야기를 시청자에게 건넨다. 큰 변화를 겪고 "우리 모두는 정상과 비정상의 경계에 있는 경계인들"이라고 스스로 되뇌는 다은, "어떻게 내내 밤만 있겠습니까? 곧 아침도 와요"라는 수간호사 효신(이정은)의 대사는 이 작품이 말하려는 핵심 의도를 드러낸다. <정신병동에도 아침이 와요>라는 작품이 정신질환과 환자를 바라보는 사회의 시선을 조금은 바꿔줄 수 있을까.

　　질병은 치료의 대상이지, 혐오의 대상이 아니다.

옳은 일을 위한 부정은 허용 가능한가
<퀸메이커>

<퀸메이커>가 우리에게 건넨 고민

넷플릭스 11부작 시리즈 <퀸메이커>
Queenmaker | 2023.4.14

넷플릭스 시리즈 <퀸메이커>는 만듦새만 놓고 따져봐도 지금의 TV 드라마가 결코 따라올 수 없는 수준의 완성도를 보여주고 있다. 김희애와 문소리, 한 화면에서 좀체 볼 수 없던 두 배우를 투톱으로 캐스팅한 것 역시 초반 시청자 몰이에 힘을 발휘했다. 두 배우 외에도 류수영, 서이숙, 진경, 옥자연, 김새벽 등 연기력이 탄탄한 주조연 배우들의 촘촘한 호흡이 <퀸메이커>의 몰입감을 마지막까지 높이는데 크게 기여했다.

<퀸메이커>는 이미지 메이킹의 귀재이자 대기업 전략기획실을 쥐락펴락하던 황도희(김희애)가 '정의의 코뿔소'라고 불리며 잡초처럼 살아온 인권변호사 오경숙(문소리)을 서울시장으로 만들기 위해 선거판에 뛰어들며 벌어지는 이야기를 그린다. 전략과 모략이 판치는 정치 쇼 비즈니스가 주요한 소재를 구축한다. "연기력이 권력이다"는 이를 적나라하게 드러내는 드라마의 카피이기도 하다. 황도희와 오경숙이라는 두 사람의 '연대'는 우리가 예측한 범주를 크게 벗어나지 않은 상태로, 유사 작품에서 흔히 보던 전개를 상당 부분 답습한다.

사실 제목 때문에 당장 함께 연상되는 것은 영화 <킹메이커>이다. 2020년 1월 극장 개봉한 <킹메이커>는 2023년 3월 넷플릭스 영화 <길복순>을 선보였던 변성현 감독의 전작으로 김대중 전 대통령과 그를 도왔던 '마타도어의 귀재'이자 '선거판의 여우'로 불리던 엄창록의 실화를 바탕으로 하며 상당한 흥미를 돋웠다. (물론 <킹메이커>와 <퀸메이커>는 타이틀 외 제작과 관련된 연결고리는 없다.) 다만, 김운범(설경구)을 대통령으로 만들기 위해 그를 돕는 선거 전략가 서창대(이선균)의 모습은 오경숙을 서울 시장으로 만들고자 돕는 선거 총괄본부장 황도희를 절로 떠올리게 만든다. "세상을 바꾸려면 우선 이겨야 한다"라고 주장하는 서창대의 모습에서 어떻게든 승기를 잡으려 수단을 주저하지 않는 황도희가 겹쳐지고, 과정에 대한 중요성을 설파하는 김운범에는 오경숙이 그대로 투영되는 이치다.

당연히 남과 여의 성(性)이 뒤바뀐 구성은 두 작품의 극명한 차이다. <퀸메이커>의 첫 발이 재벌가 사위 백재민(류수영)의 비서 성폭력에서 기인한 '미투'라는 점을 상기시키면 해당 부분이 더 명료해진다. 하지만 단순히 남녀의 '성'을 뒤바꾼 것을 걷어내고 나면, 오히려 두 작품이 던지는 질문이 하나로 맞닿는다. 올바른 결과를 도출하기 위해, 부정한 과정이 어디까지 허용되냐는 그야말로 인류의 난제(難題). 서창대와 황도희는 자신이 '바라는 세상'을 위해 자신의 손에 '부정'이 묻는 것을 전혀 괘념치 않는다. 이기기 위해 수단과 방법을 가리지 않아야, 비로소 원하는 것에 가깝게 다가설 수 있다는 것이 그들의 확고한 신념인 탓이다. 그러니 결과보다 과정을 중시하는 김운범과 오경숙과 부딪히는 지점이 거듭 발생할 수밖에 없다. <킹메이커>나 <퀸메이커>는 공통적으로 수시로 출몰하는 새로운 난관들, 그리고 그것을 넘기 위한 두 사람의 타협하는 과정의 반복이다.

그런 점에서 <퀸메이커>는 영화 <미스 슬로운>도 소환시킨다. 2017년 국내에서도 개봉한 <미스 슬로운>은 총기 규제와 관련해 로비스트와 정치인들의 음모와 배신을 다룬 정치 스릴러 영화다. 할리우드 배우 제시카 채스테인이 승률 100%의 로비스트 '엘리자베스 슬로운'을 맡아 수단과 방법을 가리지 않는 모습을 리얼하게 보여준다. 특히 승리를 도맡았던 슬로운(제시카 채스테인)이 자신의 신념에 따라 모두가 포기한, 이길 수 없는 불가능한 싸움에 뛰어드는 초반부는 <퀸메이커>의 황도희와 이어진다. 해당 영화에서도 시종 관객들에게 안겨주는 물음표는 수단과 목적, 과정과 결과의 우선순위에 대한 풀리지 않는 고민들이다. '좋은 마음'을 품은 채 '옳은 방향'으로 성실하게 나아가면 그것으로 되는 것인지, 아니면 '옳은 방향'에 도달하기 위해 과정에 일부 부정의 개입이 묵인돼도 되느냐. 이길 생각조차 품지 않고 과정 자체에 스스로 만족하며 위안하는 이들에게 격렬하게 분노하는 <미스 슬로운> 속 주인공의 모습은 꽤 많은 것을 시사했다.

상황의 디테일과 규모의 차이는 있겠지만, 아마 대부분의 사람들은 살면서 이러한 상황에 직면하는 경우가 존재할 것이다. 또한 그럴 때마다 우리의 마음속에서는 '김운범과 서창대', '오경숙과 황도희'가 작품에서처럼 끝도 없이 격돌하는 과정을 거칠지도 모른다. '과정이 우선이다', '결과가 우선이다'는 명쾌한 판단이나 해답은 여태까지도 존재하지 않았고, 앞으로도 계속 찾아내지 못할 것이다. 중요한 것은 이러한 인류의 난제에 우리는 끊임없이 물음표를 던지고, 스스로 고민할 것이라는 사실 정도다. 그러니 이렇게 탄생한 작품을 시청하는 것도 이러한 고찰의 일부다. 옳은 일을 위한 부정한 과정의 허용 범위는 존재할까, 존재한다면 그 총량이나 비율에 대한 타협은 과연 어느 정도가 적당할까.

당신의 답은 무엇인가.

진화한 K-언더커버물
<최악의 악>

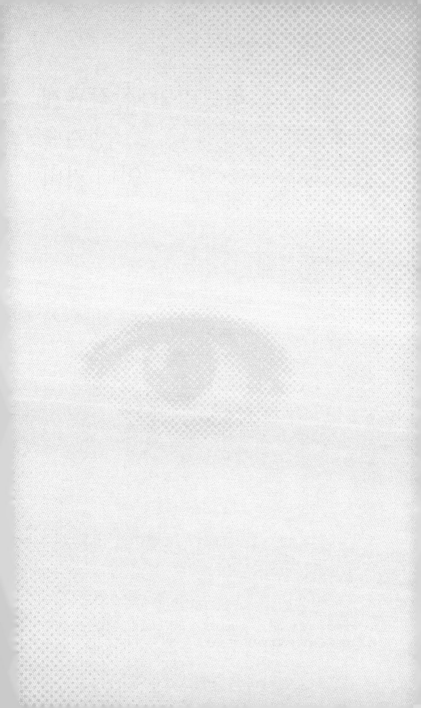

러브라인+삼각관계
생겨난
'언더 커버'

디즈니+ 12부작 시리즈 <최악의 악>
The Worst of Evil | 2023.9.27~10.25

‘언더 커버’ 장르는 매력적이다. 우리는 알고 있는 비밀스러운 작전을, 작중 인물 대부분이 전혀 알지 못한다는 것에서 유발되는 묘한 카타르시스가 존재하기 때문이다. 그들의 잠입 첩보 활동이 발각될 듯한 상황이라도 마주하면, 높아진 몰입감으로 인해 스릴은 오히려 배가된다.

‘언더 커버’ 장르의 대표작을 꼽으라면 홍콩의 영화 <무간도>를 절대 빼놓을 수 없다. 지난 2002년 개봉한 <무간도>는 국내에서도 잘 알려진 배우 유덕화와 양조위가 뛰어난 연기합을 맞췄을 뿐만 아니라, ‘경찰에 잠입한 조직원’과 ‘조직에 잠입한 경찰’이라는 쌍방향 스파이 구조로 흥미를 자아냈다. 이후 해당 영화를 리메이크한 영화 <디파디트>(2006)가 탄생했는데, 레오나르도 디카프리오와 맷 데이먼이 출연하고 마틴 스쿠세이지 감독이 메가폰을 잡아 제79회 아카데미 시상식 작품상, 감독상, 각색상, 편집상을 수상했다.

국내 작품으로는 2013년 개봉한 영화 <신세계>가 독보적이다. 배우 이정재, 최민식, 황정민을 앞세운 박훈정 감독의 영화 <신세계>는 박성웅 등을 스타로 새롭게 발돋움하게 만들었고, 각종 명대사와 명장면을 쏟아내 많은 이들의 '인생작'으로 자리잡았다. 이후 이정재는 자신이 연출한 첫 번째 영화 <헌트>에서 '언더 커버' 소재를 다시 한 번 변형 활용하며 작품의 완성도를 끌어올렸다.

제한된 상영 시간을 통해 긴장감을 부여할 수 있고, 범죄나 느와르 장르적 특수성으로 표현 수위가 상대적으로 높은 탓에 주로 극장용으로 제작됐던 '언더 커버' 장르는 전례없는 코로나 팬데믹의 시간을 거치며 영화계의 점진적 쇠퇴, 온라인동영상서비스(OTT) 플랫폼의 급성장의 복합적인 영향으로 점차 드라마의 형태로 영역이 확장됐다. 2021년 넷플릭스가 선보인 8부작 시리즈 <마이네임>도 이러한 상황을 극명하게 보여주는 작품이다.

아빠의 죽음의 진실을 밝혀내기 위해 부친이 몸 담고 있던 범죄조직에 들어간 지우(한소희). <마이네임>은 이후 지후가 조직의 스파이로 경찰에 잠입하는 모습을 그려낸다. <마이네임>은 1차원적 '언더 커버'의 틀을 벗어나, 진일보한 형태의 새로운 서사를 겹겹이 나열하며 차별화를 구축했다.

특히 남성의 전유물로 여겨지던 잠입 액션 느와르를 여성 캐릭터가 이끌었다는 점에서 당시 더욱더 크게 주목받았고, 특히 주연을 맡은 한소희 배우는 기대 이상의 액션을 소화하며 화제가 됐다.

이러한 <마이네임>의 바통을 이어받아 공개된 작품은 디즈니+ 시리즈 <최악의 악>이다. 배우 지창욱이 경찰 신분이면서 범죄 조직인 강남 연합에 잠입해 수사하는 '박준모' 역을 맡아 열연을 펼쳤고, 그와 밀접한 호흡을 맞추는 강남 연합 보스 '정기철' 역은 배우 위하준이 소화했다. 넷플릭스의 역대급 히트작 <오징어 게임>통해 글로벌 스타로 발돋움한 위하준, 다양한 국내 작품에 출연하며 글로벌 팬덤이 두터운 지창욱의 만남은 그 자체로 글로벌 OTT에서 탐을 낼 만한 조합이었다. 영화가 아닌 OTT라는 플랫폼이었기에, 오히려 가능한 캐스팅이다.

<최악의 악>은 주연 배우 라인업 외에도 기존 작품과 다른 결을 지니고 있다. 대체적으로 무겁고 진득하게 묻어나던 기존 언더커버 장르의 영화와 달리, <최악의 악>은 좀 더 트

렌디하게 변모했고 인간적인 부분이 강조됐다.

특히 한국 드라마의 특징적 단골 소재인 '남녀의 삼각 관계'를 깊게 삽입한 것은 시청자의 호불호가 갈릴 정도로 나름의 충격적(?) 변화다. '범죄 조직에 잠입하고 보니 보스의 첫 사랑이 내 아내?' 라는 아침 드라마급 충격·파격적 서사를 안은 채로, 긴 스토리를 풀어낸다. 이는 확실히 영화에서 드라마의 플랫폼 이동이 일궈낸 변화다. 앞서 언급했던 <마이네임> 역시 극 후반부 갑작스러운 러브라인 발동과 연인 관계 빌드업이 빠른 속도로 전개되어 일부 시청자를 당혹스럽게 만든 이력이 있지 않은가.

그나마 다행스러운 것은 심의에 상대적으로 자유로운 OTT의 특성으로 인하여 TV보다 몇 단계 높은 액션 수위를 담아낼 수 있기에, 영화의 전유물에 가까웠던 피칠갑 액션의 잔혹함과 실제보다 더한 장면들이 모자이크나 여과없이 등장할 수 있었다는 사실이다.

영화 <무간도>와 <신세계>, 그리고 시리즈 <마이네임>

과 <최악의 악>으로 다양하게 뻗어나간 언더 커버 작품이 앞으로 또 어떤 제작진과 플랫폼과 결합해 새로운 맛을 보여줄지 벌써부터 기대되고 궁금하다.

메이드인코리아 히어로물

<무빙>

‘괴물’이나
‘영웅’말고,
평범한 인생

디즈니+ 20부작 시리즈 <무빙>
Moving | 2023.8.9~9.20

현대 과학으로는 합리적으로 설명할 수 없는 초자연적인 능력, 이른바 '초능력'(超能力)을 소재로 한 작품들이 동 시기에 여럿 방영됐다. 상대의 거짓말을 감지할 수 있는 능력을 지닌 목솔희(김소현)의 이야기가 그려진 tvN 드라마 <소용없어 거짓말>과 신체 접촉을 통해 상대에 대한 과거 일부를 읽어낼 수 있는 사이코메트리 능력을 지닌 봉예분(한지민)이 활약한 JTBC 드라마 <힙하게>가 바로 그것.

특수한 능력을 지닌 주인공을 전면에 내세웠고 이러한 능력에 대한 고찰이나 고민의 일부 등장하지만, 그것이 작품 전반을 관통하는 핵심 메시지로 연결되진 않는다. 그보다는 '독특한 소재'를 취함으로써 여타 작품과의 차별성을 얻고, 이를 대중에게 익숙한 장르인 로맨틱 코미디 혹은 소동극과 접합시켜 자연스럽게 서사를 풀어내는 방식을 취했다. 신선함과 익숙함을 적당히 버무려, 성과를 효율적으로 내겠다는 전략 정도다.

여기에서 더 나아가, 남들과 다른 특수한 능력을 가진 인간적 고뇌까지 올곧게 담아낸 작품이 디즈니+ 시리즈 <무빙>

이다. 각각의 '초능력'을 지닌 능력자들이 겪게 되는 삶, 이를 통해 피어나는 감정, 그리고 인생에서 마주하는 타인과의 관계성이 불규칙적으로 쌓여있다.

<무빙>은 강풀 웹툰을 원작으로 한 20부작 시리즈로 원작에 녹아있는 기존의 서사가 현대의 자본과 결합해 화면으로 옮겨졌다. 한국 작품으로서는 역대 최고가인 650억 원(후반 작업에 약 150억 원 사용)의 제작비가 투입됐고 조인성과 한효주, 류승룡, 차태현, 류승범, 김성균, 김희원, 문성근, 이정하, 고윤정 등 그야말로 '초호화'라는 수식어에 걸맞은 캐스팅을 완성시켰다. 더욱이 원작자 강풀이 직접 대본 집필에 참여, 원작의 결을 고스란히 보존됐다.

<무빙>은 초능력을 숨긴 채 현재를 살아가는 아이들의 이야기를 초반부에, 비밀을 감추고 살아온 부모들의 과거사가 중반부를 통해 하나 둘 서서히 드러난다. 온라인동영상서비스(OTT) 플랫폼임에도 불구하고 넷플릭스 방식과 달리 지난 <카지노>처럼 '찔끔찔끔' 공개를 택해 예상된 원성을 산 것도 사실이지만, 이렇다 할 킬러 콘텐츠가 마땅치 않던

디즈니+ 입장에서는 당장 구독자 이탈을 막으면서 신규 유입을 발생시킬 수 있는 쪽을 택했던 셈이다.

할리우드의 전유물에 가까워 그저 부러움과 감탄의 대상이었던 '슈퍼 히어로물' 장르가 '메이드 인 코리아'로 완성도 있게 탄생했다는 것은 분명 눈여겨볼 대목이다. 비행 능력이 있는 김두식(조인성), 초감각을 보유한 이미현(한효주), 초재생 능력의 장주원(류승룡), 괴력과 스피트를 지닌 이재만(김성균), 전기능력 전영석(최덕문) 등과 그들의 능력을 물려받은 2세들의 능력을 구현한 특수효과는 <무빙>이 보유한 강력한 무기다.

하지만 이와 별개로 <무빙>이 작품을 통해 담아내고자 하는 메시지는 따로 있어 보인다. 초능력자들로 대변되는, 평범하지 않은 소수자를 향한 다수의 날 선 시선과 태도. '나와 다름'을 근거로 타인을 '괴물'로 규정하며, 그들을 평범한 삶 바깥으로 강제로 끄집어내는 세태. 심지어 국가나 조직에서도 필요에 따라 사용하고, 그 사용이 다하거나 통제가 불가하면 가차 없이 제거하는 일을 서슴지 않는다. 이를 몸으로 겪은 바 있는 부모 세대는, 자신의 아이들에게 남과 다른 능력을 꽁꽁 감출 것을 종용한다. 그들이 바랐던 것은, 그저 남들과 같은 '평범한 삶'을 영위하는 것 뿐이다.

현실에서도 타인의 능력을 상회하는 특출함이 인간을 꼭 이상적인 삶으로 이끌지는 않는다. 과거 '영재소년'으로 스포트라이트를 받았던 한 11세 어린이가 조기 입학했던 특수목적고등학교에서 자퇴하는 사건이 비슷한 시기에 언론 보도를 통해 드러났는데, 이 과정에서 '따돌림'과 '학교폭력' 등이 언급돼 모두에게 적잖은 충격을 안겼다. 남다른 천재성은, 과연 그에게 축복이었을까 아니면 그 반대였을까.

<무빙>은 '우린 괴물도 영웅도 될 수 있어'라는 카피를 전면에 내세운다. 다르다는 이유 만으로 '괴물' 취급받는 이들이, 각자의 노력과 각오로 '영웅'으로 거듭날 수 있다는 이야기로 해석된다. 부모 세대들이 국정원 블랙요원으로서 목숨을 걸고 국가 임무를 은밀히 수행했던 것처럼 말이다. 하지만 '괴물'과 '영웅'은 지나치게 양극화되어 있고, 또 다분히 극단적이다. 그들에게는 그저 보통의 삶과 평범한 인생을 영

위할 수 있는, 제3의 선택지를 제시할 수 있는 사회와 구성원이 절실하지 않았을까. 봉석(이정하)의 비행 능력을 알게 된 희수(고윤정)가 크게 놀라지 않고 말한 것처럼 말이다.

"너 이상하지 않아. 조금 다르고 특별할 뿐이야."

하이틴 데스 게임
<밤이 되었습니다>

서로 죽고 죽인다

: <배틀로얄>과
<밤이 되었습니다>로 보는
하이틴 데스 게임

U+모바일tv 12부작 시리즈 <밤이 되었습니다>
Night has come | 2023.12.4~12.21

'살고 싶다면 친구를 죽여라.'

유일고 2학년 3반 전체가 한 수련원에서 종료 불가한 의문의 '마피아 게임'에 강제 참여하게 된다. 그저 누군가의 질 나쁜 장난쯤으로 치부됐던 휴대폰 게임 안내는 실제로 첫 사망 희생자가 나오고서야 모두를 극한의 공포 속으로 몰아넣는다. 이러한 스토리를 주축으로 한 <밤이 되었습니다>는 한 회차당 30~40분 미드폼 형태의 총 12부작으로 앞서 <하이쿠키>를 선보였던 STUDIO X+U가 U+모바일tv와 넷플릭스를 통해 순차 공개한 작품이다.

'하이틴 데스 게임'의 시초라면, 역시 <배틀로얄>을 꼽을 수 있지 않을까. 타카미 코슌의 1999년 발간 소설을 원작으로 후카사쿠 킨지 감독에 의해 2000년 탄생한 영화 <배틀로얄>. 영화는 통칭 '신세계교육개혁법'(BR법)의 일환으로 선정된 시로이와 중학교 3학년 B반이 어느 무인도에서 '데스 게임'을 벌이는 것을 그려내며 적잖은 충격을 선사했다. 당시 <배틀로얄>은 일본을 넘어 전 세계적인 히트를 기록했으며, 타임지가 선정한 21세기에 나온 화제작 영화 100선에도 이름을 올리기도 했다. 영화 <킬빌> 시리즈로 우리에게도 익숙한 쿠엔틴 타란티노 감독은 <배틀로얄>에 대해 '자신이 감독을 시작한 이후 나온 영화 중 독보적 1위'라고 언급하며 극찬한 바 있다.

스티븐 킹이 집필한 《롱워크》(1979)나 수잔 콜린스의 소설 《헝거 게임》(2008) 등도 10대의 미성년자가 참여하는 '데스 게임'이라는 점에서는 일부 유사성이 존재하지만, 같은 반 학생 전체가 자의와는 무관하게 강제적으로 게임에 참여하게 된다는 설정을 감안하면 <밤이 되었습니다>는 <배틀로얄>과 가장 밀접하게 맞닿아 있다. 본래 알고 지내던 같은 반 학생끼리 서로 죽고 죽이는 잔혹한 게임에 참여하게 됐을 때, 어떤 상황이 펼쳐지게 되는지를 예상해보고 지켜보는 것이 나름의 관전 포인트다.

이러한 설정은 학급에서 기존에 존재하던 각자의 포지션, 예컨대 반장과 부반장, 일진과 왕따, 절친과 라이벌, 운동부와 댄스부에 속한 학생들의 관계가 '데스 게임'에서도 그대로 전이되는지, 아니면 목숨이 위태한 특수 상황에 맞춰 이

전과 다른 관계 변화를 갈구하고 각성을 하게 되는지가 1차적인 변곡 구간을 생성한다.

또한 전원이 '미성년자' 참가자란 요소는 누군가를 죽이는 일에 주저할 수도 있음을 짐작하게 만든다. 생존에 대한 갈망의 밀도 역시, 극도의 가난에 떠밀려 물러설 곳 없는 <오징어 게임>(2021) 참가자들에 비교해서 상대적으로 결여되기도 했다. 하지만 오히려 그러한 지점이야말로 <배틀로얄>과 <밤이 되었습니다> 속 학생이 다른 학생을 살해하는 장면에 대해 '의외성'과 '파격성'을 부여하게 된다.

두 작품 모두 치열한 입시 경쟁이 세기를 넘기며서 체화된 국가(한국, 일본)에서 탄생했다는 점도 시사하는 바가 크다. 잔혹한 '입시 전쟁'을 '데스 게임'으로 은유해 표현했다는 해석으로 연결 짓는 일이 지극히 자연스럽기 때문이다. 직접적으로 서로 죽고 죽이지 않을 뿐이지, 결과적으로 누군가와 경쟁하고 결과에 따라 인생의 중요한 향방이 결정되는 입시 경쟁이 '데스 게임'과 상당히 닮아있다는 것에 누구든 쉽게 공감한다.

<배틀로얄>로부터 23년이라는 세월이 흘렀다. 그러한 시간의 변화 속에서 <밤이 되었습니다>는 단순히 흉기를 사용해 학생들이 죽고 죽이는 일차원적 살육전 형태에서 벗어나 변형되고 확장됐다. '마피아 게임'이라는 친숙한 게임을 장치로 삽입해 이를 실제 생존과 죽음으로 연결시킨다. 누군가를 직접 살해하는 것은 녹록지 않지만, 그저 클릭 한 번과 투표 한 번으로 누군가를 사지로 모는 일은 상대적으로 더 수월하다.

현대 사회는 온라인과 SNS를 통해 누군가의 삶을 죽음으로 떠미는 것조차 가능한 시대다. 그러한 것에 동참한 이들은 자신의 눈앞에서 벌어지지 않은 누군가의 죽음을 한낱 게임처럼 가볍고 대수롭지 않게 치부한다. 죽음을 야기하는 상황과 수단이 더욱더 간편해질수록, 인간의 죄책감의 무게는 이와 비례해 한결 더 가벼워진다. 자기 합리화도 적극적이고 간편하다. 우리는 단지 손가락 몇 번의 움직임으로 누군가의 생명을 송두리째 앗아갈 수 있는 세상에 살고 있는 셈이다.

작품 외피를 감싸는 '마피아 게임'을 제외하더라도 <밤이

되었습니다>의 차별점은 있다. <배틀로얄>의 경우 작품 초반 '데스 게임'이 진행되는 이유와 상황을 명확하게 설명하는 것과 달리 <밤이 되었습니다>는 이러한 끔찍한 상황이 도대체 왜 벌어지게 됐는지를 감춘 채로 미스터리한 요소를 얹는다. 정교하고 인위적인 장치에 의한 서바이벌인지, 아니면 초자연적 존재에 의한 기현상인지를 처음부터 아리송하게 만들어 이를 풀어나가는 것도 하나의 과제로 던져진다.

무려 23년이라는 시차에도 불구하고 '하이틴 데스 매치'가 여전히 실제 사회의 입시 경쟁으로 해석되는데, 거부감 없는 현실은 못내 안타깝다. 하지만 그것보다 더 슬프고 씁쓸한 것은 뉴스에서 다뤄지는 미성년 범죄의 수위가 높아지고 빈도가 잦아지면서 <밤이 되었습니다> 속 학생들의 도덕적 판단과 윤리적 행동이 도리어 영 어색하게 느껴지는 순간이 아닐까.

'회빙환'과 결합한 판타지 로맨스 활극
<환혼>

낮선 맛이라
더 끌린다

tvN 20부작 드라마 <환혼>
Alchemy of Souls | 2022.6.18~8.28

tvN 드라마 <환혼>은 역사에도 지도에도 존재하지 않는 대호국을 배경으로, 영혼을 바꾸는 '환혼술'로 운명이 비틀린 주인공들이 이를 극복하고 성장해가는 판타지 로맨스 활극을 표방한다. 정통 사극이 아니라 자칫 민감할 수 있는 역사 왜곡 문제에 조금이나마 자유스럽고, 실재하지 않은 시공간이기에 캐릭터의 비주얼에도 제약이 덜하다.

넷플릭스 시리즈 <지금 우리 학교는> 빌런으로 글로벌 인기를 거머쥔 배우 유인수는 <환혼>에서 밝은 컬러의 탈색 헤어스타일의 '박당구' 역으로 시청자 시선을 사로잡았다. 또한 그룹 뉴이스트 출신 연기자 황민현은 현대식 헤어스타일과 말투를 구사해 눈길을 끈다. 이는 고증에 지나치게 얽매이지 않아도 되는, 판타지 사극이기에 가능했던 시도다.

영화 <신과 함께>, <군도>, <밀정>, 드라마 <미스터 선샤인>에 이어 <환혼>을 맡은 조상경 의상감독은 "우리가 이제껏 만나지 못했던 낯선 술사들이니 사극이라는 틀 안에서 항상 상투를 틀 수밖에 없었던 헤어스타일부터 해체하는 선택을 하고 캐릭터에 더 집중했다"며 "새로운 캐릭터를 만들고

낯선 세계로 초대하면서 위화감 없이 가장 아름답고 호기심 들 수 있게 한다면 어떤 방법이 있을지, 매혹적인 인물로 어떻게 보일 수 있을지에 대한 고민을 나누고 시도했다"라고 이러한 과정을 설명했다.

국내 드라마에서 좀처럼 볼 수 없는 장르인 것은, <환혼>이 가진 장점이자 단점이다. 신선하다는 면에서는 가산점이나, 그 신선함이 자칫 낯섦과 어색함으로까지 이어져 거부감을 생성할 수 있다. 술법을 묘사하는 CG(컴퓨터 그래픽)는 매 장면 막대한 자본을 필요로 하고, 작품을 온전히 이해하기 위해서는 <환혼>의 세계관 이해가 반드시 선행돼야 한다. <환혼>이 16부작을 고수하는 여느 TV 시리즈들과 달리 처음부터 20부작으로 마련된 것 역시 이러한 세계관 주입 과정과 시간을 염두에 둔 셈이다.

이미 자신의 분야에서 최고로 손꼽히는 제작진이 의기투합해 익숙하고 안전한 기존 영역에 머무르지 않고 급변하는 환경에 발맞춰 새로운 도전에 나섰다는 것도 꽤 인상적이다. 아이유와 여진구가 호흡했던 tvN 드라마 <호텔 델루나>를 집필했던 홍자매(홍정은, 홍미란) 작가의 차기작이라는 사실은 <환혼>을 대표하는 홍보 문구로 강조된 바 있다. 홍자매는 앞서 드라마 <화유기>, <주군의 태양>, <최고의 사랑>, <내 여자친구는 구미호>, <환상의 커플> 등으로 장르를 넘나들며 실력을 입증했던 히트 메이커다. 그들과 더불어 <막돼먹은 영애씨> 시리즈와 <식샤를 합시다>, <이번 생은 처음이라>, <김비서가 왜 그럴까> 등을 탄생시킨 박준화 감독이 연출을 맡아 <환혼>을 화면으로 구현시켰다. 박준화 감독은 <이번 생은 처음이라>를 통해 정소민 배우와 호흡을 맞춘 경험도 있다.

평범한 인간 이상의 능력을 발휘하는 '술사'라는 존재들, 자신과 타인의 혼을 맞바꾸는 '환혼술'은, 용어는 상이해도 요즘의 MZ 세대가 즐겨보는 웹소설, 웹툰에서 흔히 등장하는 소재와 유사성이 짙다. 핵심 소재인 환혼술의 경우 '회빙환'(회귀·빙의·환생)의 하나인 '빙의'와 그 결이 맞닿아 있다. 드라마 장르로 마주한 <환혼>이 낯설면서도 왠지 모를 익숙함도 함께 묻어난 이유다. 언젠가 이러한 세계관이 드라마에서도 발현될 것이라 상상했는데, 그걸 <환혼>이 했다.

영화에서는 좀 더 친숙한 소재다. 초자연적인 능력을 지닌 히어로가 즐비한 마블 시리즈 등을 관람한 경험을 통해서다. 한국 영화 <마녀> 시리즈 역시 인간 이상의 힘을 지닌 존재가 등장하는 새로운 세계관을 접목시키며 MCU(마녀 시네마틱 유니버스)로 명명됐다. 최동훈 감독의 영화 <외계+인>은 여기에서 한 발 더 나아가 고려 말 도사들과 2022년 인간의 몸속에 수감된 외계인 죄수를 쫓는 이들 사이에 시간의 문이 열리며 펼쳐지는 이야기를 다뤘다.

'회빙환'과 함께 웹소설과 웹툰 분야에서 도드라지는 '무협 액션' 장르를 위한 초석을 제대로 다졌다는 것도 눈여겨볼 대목이다. 이는 팬층이 두터운 해당 장르의 탄탄한 원작들이 머지않아 줄줄이 화면으로 옮겨올 수 있다는 소리니깐.

한 가지 확실한 것은 <환혼>이 국내외 OTT 플랫폼의 등장과 성장, 그로 인해 더 풍성하고 다원화되는 K-콘텐츠의 양적·질적 팽창에 중차대한 역할을 한 기념비적 작품이라는 사실이다.

아무리 허무맹랑한 이야기도, 그럴듯한 세계관을 부여하고 작품 내의 핍진성을 끌어올리면 보는 이의 공감을 자아낼 수 있다. 익숙하지 않은 것은 그 자체로 공격받기 용이하다. 생소한 장르가 초반에 풍랑을 맞닥뜨리는 것은 이러한 맥락에서 바라볼 수 있다. 그래도 해당 고비만 잘 넘어서면, 남보다 앞선 지점에 이정표를 꽂을 수도 있고, 나아가 휘발되지 않고 오랜 시간 동안 회자되는 작품으로도 거듭날 수도 있다. <환혼>처럼 말이다.

현대 사회의 계급이 담긴
<피라미드 게임>

외계인, 좀비, 마약, 데스게임보다 더 무서운 '하이틴 리얼리즘'

티빙 10부작 시리즈 <피라미드 게임>
Pyramid Game | 2024.2.29~3.21

노벨 문학상과 부커상 수상 작가, 소설《파리대왕》(1954)으로 우리에게도 익숙한 윌리엄 골딩. 그는 자전적인 소설《피라미드》(1967)에서 영국의 한 폐쇄적인 작은 마을을 배경으로 여전히 존재하는 사회의 계급 구조를 그려낸 바 있다. 그리고 이것은 약 50여 년이 흐른 대한민국의 한 고등학교에서 게임의 형태를 빌어 부활한다. 티빙 오리지널 시리즈 <피라미드 게임> 이야기다. 윌리엄 골딩의《피라미드》로부터 영감을 받아 이를 탄생시킨 이는 백연그룹 손녀 백하린(장다아). 한 달에 한 번 비밀투표를 통해 A부터 F까지 등급을 나누는 서바이벌 게임은 언뜻 '투표'라는 공정한 과정을 거치는 것처럼 보이지만, 실상은 그렇지 않다. 부모의 부와 권력을 세습받은 이들이 태어날 때부터 쥔 태생적 등급을 형상화한 것에 불과하니깐.

순수함, 솔직함, 무한한 가능성으로 가득차 있어야 할 교복을 입은 10대 아이들은 미디어와 콘텐츠 속에서 거의 정반대 지점에 닿아 있다. 학교 폭력, 집단 괴롭힘, 그리고 교실 안에서의 서열과 계급까지… 기괴하게 뒤틀린 현상만 즐비한다. <피라미드 게임>은 이처럼 현실을 기반으로 구조화한 다큐 같은 작품에 가깝다. 가해자와 피해자, 그리고 방관자가 하나의 교실 안에서 뒤섞여 생활하는 백연여고 2학년 5반의 모습은 '상상'보다 '현실'에 더 가깝게 뿌리를 내리고 있다는 점에서 더욱 섬뜩하다.

수능 가산점을 위해 외계인과 맞선다거나('방과 후 전쟁 활동'), 좀비로 변한 친구와 사투를 벌이고('지금 우리 학교는'), 밤마다 목숨을 건 데스게임에 참여하거나('밤이 되었습니다'), 마약('하이쿠키')과 살인 사건('청담국제고등학교')까지 뻗친 여타 하이틴 드라마에 비하면 <피라미드 게임>은 오히려 지나치게 현실적이다. 가상의 소재를 끌어들여 이를 판타지로 희석시키지 않는 대신, 보다 적극적이고 직관적으로 우리 현실을 갈무리하여 화면에 전시하려고 애쓴다. 투표로 구분된 알파벳 등급은 상하관계가 존재하는 계급이 되고, 피라미드 형태의 계급은 고스란히 신분 제도로 치환된다. A등급은 교실의 '최상위 포식자'가 되고, 반대로 F등급은 '합법적인 왕따'로 거듭나는 식이다.

백연여고에 전학온 성수지(김지연)의 아버지 성희성(최

대철)은 학부모 참관수업 도중 이와 같이 발언한다. "계급은 어디에나 있다. 사회에서는 각자의 계급이 질서와 약속으로 이루어질 수 있다"라고. 그리고 "학교는 사회의 축소판"이라는 말로 쐐기를 박는다. 드라마 속에서 벌어지며 시청자를 기함하게 만든 끔찍한 행위들은, 이미 현실에서도 공공연하고 암묵적으로 자행되는 일들이다. 성장기에 학습된 계급론은 성인이 된 이후에도 그들을 옥죄는 보이지 않는 사슬이 될 게 자명하다. 이런 소재가 콘텐츠의 외피를 두르고, 집요하고 반복적으로 등장하는 이유다. 무려 50여 년이 흘렀음에도, 윌리엄 골딩의 소설《피라미드》속 세상은 여전히 사회 곳곳에서 존재한다.

'개천에서 용이 나오지 못하는 시대'라고 한다. 부모의 부와 권력은 자식들에게 세습되고, 이는 그대로 아이들의 계급과 직결된다. 모든 것을 가지고 태어난 이들 반대편에는 기회와 가능성까지 모두 다 빼앗긴 이들이 존재할 수밖에 없다. "난 그럼 피라미드를 쳐 부술게"라는 성수지의 도발적인 극 중 대사에는 많은 이들의 바람이 짙게 드리워 있다.

픽션인 <피라미드 게임>에 의외의 리얼함을 보탠 것은, 신선한 배우들의 투입에도 있다. 드라마 <스물다섯 스물하나>, <조선 변호사>에서 주연으로 활약했던 김지연(우주소녀 보나)을 제외하면 출연자 대부분이 신인에 가깝다. <일타 스캔들>로 얼굴을 알린 류다인(명자은 역)과 강나언(임예림 역)을 비롯해 <소년심판>, <이로운 사기> 황현정 등이 그러하다. 더욱이 그룹 아이브 멤버 장원영의 친언니로 알려진 장다아(백하린 역), 연애 리얼리티 <솔로지옥2> 신슬기(서도아 역)의 경우는 아예 <피라미드 게임>이 배우로서의 데뷔작이다.

반응은 국내를 넘어 해외까지 닿았다. 영국 BBC는 <피라미드 게임>에 대해 글로벌 흥행작 <오징어 게임>에 견주며 "두 작품 모두 한국인들이 처한 냉혹한 현실을 엿보인다는 점에서 독특한 유사점을 갖는다"라고 조명했다. <피라미드 게임>은 프랑스 릴 지역에서 개최된 유럽 최대 규모 시리즈물 행사 '시리즈 마니아'에 K-콘텐츠 중 유일하게 공식 초청되기도 했다. 또한 홍콩에 본사를 둔 아시아 최대 OTT 플랫폼 Viu(뷰)에서 최상위권 차트에 랭크되며 글로벌 호응을 입증하기도 했다.

　<피라미드 게임>의 흥행은 반갑다. 하지만 한편으로는
한국의 입시와 빈부 격차에서 유발된 교실의 사회 계급 등
쓰라린 현실들이 반영된 K-콘텐츠가 전 세계로 번졌다는 사
실에 왠지 모를 부끄러움도 동반해 밀려왔다.

'다름'을 '괴물'이라 부르는 사회에 대해
<커넥트>

'죽지 않는 인간'의 눈이
'연쇄 살인마'에게
이식되면 벌어지는 일

디즈니+ 6부작 시리즈 <커넥트>
Connect | 2022.12.7

정해인이 뛴다. 누군가를 쫓고, 누군가에게 쫓긴다. 맞고 뒹군다. 정해인의 전작 넷플릭스 시리즈 <D.P.>가 떠오를 수 있지만, 이 작품은 그것과 완전히 장르의 궤를 달리한다. 고어(Gore)물에 익숙지 않은 이들은, 접근하지 않는 것이 정신 건강에 이롭다. 종종 피가 화면에 낭자하게 튄다. 눈알이 뽑히고, 귀가 잘리거나 팔이 썰리고, 장기가 적출된다. 글로벌 OTT 디즈니+가 선보인 6부작 시리즈 <커넥트>다. 디즈니+가 모든 에피소드를 동시 공개한 것은, 이 작품이 최초다. (아마 당시 넷플릭스의 화력에 가려져 존재감이 미비해지는 상황에서 내놓은 나름의 방책인 듯싶다.) 아무튼 배우 정해인에, '장르물의 대가' 미이케 타카시 감독이 한배를 탔다는 것은 그런 편성과 공개 타이밍의 영역을 넘어 충분히 궁금증을 유발할 만한 요소다. 미이케 타카시는 박찬욱 감독, 쿠엔틴 타란티노에게 영향을 준 일본의 영화감독으로 지난 2004년에는 박찬욱 감독과 함께 옴니버스 호러 영화 <쓰리, 몬스터>에 참여하기도 했다.

<커넥트>의 또 다른 주연배우 고경표가 맡은 '오진섭' 캐릭터는 사회생활을 멀쩡하게 하고 있는 사이코패스 연쇄 살

인마다. 그저 사람을 죽이기만 하는 게 아니라, 철저한 기획과 계획하에 타깃을 정하고, 살인 후 해당 사체를 가지고 마치 하나의 아트 작품처럼 제작해서 사람들이 다니는 곳곳에 그걸 전시한다. 오진섭을 지칭하는 말은 '사체 아트 살인마'. 오진섭만 있고, 경찰이나 형사가 그 증거를 수집하고 증인을 탐문해 그를 쫓는다면 국내 케이블TV에서도 흔히 볼 법한 작품이 됐을 터. 여느 장르물의 '뻔함'을 벗어나는 존재가, 바로 정해인이 연기하는 주인공 '하동수'다. 하동수는 죽지 않는 몸을 가진 새로운 인류인 <커넥트>다. 그의 존재는 <커넥트>를 단순 장르물이 아닌, SF물, 미스터리, 코즈믹 호러, 다크 판타지 등으로 무한 확장한다. 그러니깐 <커넥트>는 죽지 않는 인간 하동수(정해인)의 적출된 눈이, 사체 아트 살인마에게 우연히 이식되면서, 두 사람의 시야가 연결(connect)되면서 벌어지는 일을 큰 줄기로 한다.

굵직한 두 존재 사이의 틈을 물리적으로 채워주는 것은 '커넥트'의 몸을 노리는 불법 장기매매 조직과 연쇄 살인마를 쫓는 형사들이다. 형사들이 하동수를 쫓거나, 오진섭이 장기매매 조직과 엮이는 구조는 다분히 클리셰지만, 등장하는 캐릭터 하나하나에 공들인 작감(작가와 감독) 덕분에 그것이 마냥 관객의 시간을 갉아먹게 방치되진 않는다. '단짠단짠'의 적절한 양념으로 톱스타 뮤지션 Z(양동근)와 의문의 조력자 최이랑(김혜준)이 존재함으로써 <커넥트>의 스토리는 더 풍성해진다. 아, 그리고 하나 더! 작품을 보고 나면 절로 따라서 흥얼거리게 되는 마성의 OST '나의 노래'는 정해인이 직접 부른 버전이다. '나의 노래'는 싱어송라이터 선우정아가 직접 작사·작곡에 참여한 곡으로 <커넥트> 안에서 꽤 중요한 소재로 활용된다.

　　<커넥트>가 초점을 맞추는 것은 그로테스크하게 화면을 가득 채우는 선혈 낭자한 잔혹함이나, 히어로물에 등장하는 초능력 따위가 아니다. <커넥트>는 꾸준하게 '다름'과 '다름을 보는 타인의 시선'을 교묘하게 건드린다. 하동수는 인간은 결코 가지지 못할 자연 치유력을 지녔으나, 그것은 보통 사람들의 시선에서는 그저 '괴물'에 불과하다. 건달도 형사도, 아이도 노인도 예외는 없다. 곧장 "괴물"이라는 말이 튀어나온다. 작중 인물들은 자신과 다른 존재를 일단 '괴물'로 명명하게 학습 받은 듯했다. 설령 그것이 자신에게 무해하거

나, 사회 발전에 이바지할 수 있더라도 상관은 없다. '다름'은 일단 불길한 것이고 꺼려야 할 대상으로 치부된다. '남들과 다른 존재'로 태어난 하동수는 필사적으로 '보통의 세상'으로 녹아들고자 어떻게든 발버둥 치지만, 번번이 사람들에 의해 더 먼 곳으로 밀려날 뿐이다. 그의 인터넷 닉네임이 '고독한 기타맨'인 것은 이러한 것과 무관하지 않다. 음악이라는 매개체가 자신의 '다름'을 포용해주고, 타인과 연결해줄 고리가 될 것을 내심 바랐던 하동수다.

사회에서의 '다름'은 종종 '괴물'로 치환되곤 한다. 사람들은 합심해 자신과 다른 존재들을 배척하고 밀어내거나, 혹은 그와는 정반대로 불쌍하고 동정받아야 할 존재로 강제적으로 격하시킨다. 자신들이 정한 잣대로 끊임없이 타인을 재단하고 평가한다. 그리스 신화에 나오는 '프로크루스테스'처럼 말이다. 프로크루스테스는 침대에 손님을 눕혀 침대보다 크면 목이나 다리를 자르고, 침대보다 작으면 길이에 맞춰 몸을 늘려 사람들을 살해한 도적이다. 이후 절대적 기준에 모든 것을 맞추려 하는 것을 '프로크루스테스의 침대'라 부르게 됐다. 작금의 세상은 '프로크루스테스의 침대'가 곳곳에 즐비하다.

6부작으로 이뤄진 <커넥트>를 보고 나면, 시즌1으로 완전히 마무리되지 않는다는 것을 누구나 깨닫게 된다. 시즌2를 염두에 둔 '떡밥'들이 대놓고 다량으로 뿌려져 있기 때문이다. 아직까지 확정 발표는 나지 않았지만, 배우들이 인터뷰에서도 '시즌2가 제작된다면'이라는 내용의 문답이 오고 가는 것은 모두가 이를 느꼈다는 것을 방증한다. 시즌2가 나온다면 '다름'으로 고통받던 하동수가 '괴물'이 아닌 존재로서 평범한 인간 사회에 녹아들 수 있을까. 아니면, 실제 우리 사회에서 종종 벌어지는 것처럼, 끝내 진입에 실패하고 어딘가 좌초하고 말까. 어느 쪽이든 충분히 생각할 거리를 안겨줄 게 분명하다.

한국인의 트라우마를 파내다,
<파묘>

오컬트 포장지로
꽁꽁 싸맨
<파묘>의 진짜 알맹이

: 흐릿해진 기억, 부유하는 잔재, 상존하는 아픔

영화 <파묘>
Exhuma | 2024.2.22

영화 <파묘>는 음험하다. 음산하고 험악한 것도 맞지만, 그보다는 무덤을 파낸다는 '파묘'(破墓)라는 소재와 잇따른 기묘한 사건들을 전면 배치함으로써 오컬트 냄새를 잔뜩 흩뿌려놓고 정작 깊숙한 곳에 중요한 알맹이를 꽁꽁 감춰둔 속내 탓이다. 영화를 관람하는 관객은 해당 지점에 도달해 비로소 그것을 확인했을 때, 일말의 배신감 같은 류의 감정을 맞닥뜨릴 수 있다. 하지만 그다지 억울하진 않다. 예측을 벗어난 의외성이 만들어낸 전개와 새로 마주한 이야기가 충분히 흥미롭고, 자칫 흐릿해지던 우리의 공통된 기억을 끄집어내 자극해주기 때문이다. 누군가는 이를 '국뽕' 정도로 폄훼할 수도 있겠지만, 영화적 완성도와 촘촘하게 얽긴 배우들의 열연이 이러한 우려를 걷어내고 덜어내는 역할을 한다.

<파묘>는 거액의 돈을 받고 수상한 묘를 이장한 풍수사와 장의사, 무속인들에게 벌어지는 기이한 사건을 담은 미스터리 영화다. 땅을 찾는 풍수사 김상덕(최민식), 원혼을 달래는 무당 이화림(김고은), 예를 갖추는 장의사 고영근(유해진), 경문을 외는 법사 윤봉길(이도현)이 6개의 파트로 구성된 긴 이야기를 함께 이끌어간다. 앞서 영화 <대무가>나 드

라마 <미남당>처럼 무속인이 주인공으로 나선 작품도 있지만, 그것이 코믹이나 수사의 장르에 유니크한 소재로 무속신앙을 버무린 형태에 그치는 경우가 많았다. 그러니 <파묘>의 경우처럼 무속인 존재 본연의 역할에 충실한 경우는 흔치 않다. 장재현 감독의 전작인 <검은 사제들>(2015)과 <사바하>(2019)에서도 무당이 등장하지만, 의도한 기능적 역할만 수행할 뿐 제대로 활약하진 못했다. 그렇기에 더더욱 무당 이화림이 보여주는 파격적인 대살굿 장면은 관객을 숨죽이게 만들었고, 결과적으로 모두의 감탄을 이끌어냈다.

파트 1~3인 전반부가 오컬트에 충실하다면, 파트 4~6은 의도적으로 숨겨뒀던 장르와 본격적인 이야기가 튀어나오는 시기다. 그러니 장르가 곧 스포일러다. 이는 '첩장'의 존재가 작품 속에 드러나면서부터다. 한 공간에 관을 중첩해서 쌓은 첩장(疊葬)의 형태는, 마치 전반부에 노출된 오컬트가 후반부에 등장하는 시대극과 크리처 장르를 교묘하게 감춘 것과 맞닿는다. 이는 장재현 감독이 구축한 오컬트 세계관의 진화이고 확장이다.

영리했다. 현재의 이야기, 그것도 숨 죽인 채 오컬드 장르를 집중해 보고 있는 도중에 일제강점기 당시의 민족적 비극과 치욕의 역사가 갑자기 툭 튀어나올 줄이야. 예측 못한 습격은 보다 위력적인 법이다. 묫바람(묫자리를 잘못써서 후손들에게 불운이 닥치는 일)에서 시작된 파묘, 파묘를 통해 깨어난 '겁나 험한 것', 감춰진 가족의 비밀, 그리고 그보다 더 깊은 곳에 숨겨진 또다른 무언가의 이야기가 끊임없이 관객을 혼란스럽게 한다. 그리고 점차 옅어지고 있던 오랜 트라우마를 다시 떠올리게 이끈다.

"전쟁은 아직 끝나지 않았다"는 말에는 묘한 울림이 존재한다. 뿌리를 숨긴 친일파의 후손은 부정하게 축적된 부를 통해 몇 대에 걸쳐 막강한 권력을 세습하고 여전히 사회에 영향력을 행사한다. 억압과 핍박은 물론, 민족의 정기마저 모조리 끊어버리려던 악랄한 만행에 위험을 무릅쓰려는 끈끈한 연대, 그리고 이를 주저하게 만드는 "그게 우리와 무슨 상관이냐"고 회의적이고 방관자적 태도. 일본 식민 시대의 잔재는 여전히 현재를 부유하고 있다. 또한 보이지 않는 너머 어딘가에는 여전히 치유되지 않은 그날의 깊은 상처와 아품들이 상존한다.

숨겨진 의도가 표면에 모습을 드러내면, 곳곳의 상징들이 연결돼 이윽고 빛을 발한다. 극 중 4명의 주인공 김상덕, 이화림, 고영근, 윤봉길, 그리고 화림의 동료 무당 오광심, 박자혜가 모두 실제 독립운동가의 이름을 고스란히 차용한 사실, 김상덕의 차량, 화림의 차량, 고영근의 운구차 번호가 각각 0815, 0301, 1945로 대한민국 삼일절과 광복절을 연상케 하고, 김상덕이 못자리에 던진 100원짜리 동전의 이순신 장군의 모습이 일순 도드라진 것 등이 모두 다 그러하다. 더불어 영화 <명량>에서 이순신 장군 역할을 소화했던 최민식 배우가 맡은 김상덕의 활약도 왠지 의도하고 연결한 것처럼 묘한 기시감을 생성한다.

일련의 기이한 사건들의 범인(?)이 애먼 반달곰으로 보도되고, 이곳으로 여론이 쏠리는 것도 시사하는 바가 있다. 의도적으로 가려지고 지워진 진실, 혹은 힘과 권력에 의해 왜곡되고 변질된 기록들과 역사다. 그리고 아무도 알아주지 않는 누군가의 희생. 보이지 않는 실체적 진실과 직면하기 위해 부단히 애를 써야 하고 이를 결코 잊어서는 안 된다. '역사를 잊은 민족에게는 미래가 없다'는 말을 되뇌며 흩어지는 마음을 힘주어 묶고 다잡는다. "우리의 과거를 돌이켜 보면 상처와 트라우마가 많다. 그걸 '파묘'하고 싶었다"는 장재현 감독의 말이 뇌리에 박힌다.

사유를 유발하는 유의미한 접근
<지배종>

사유를 유발하는
유의미한 접근
<지배종>

: 앞으로 우리 콘텐츠가 나아갈 의미 있는 이정표

디즈니+ 10부작 시리즈 <지배종>
Blood Free | 2024.4.10~5.8

‘기후위기’로 인한 재앙이 인류의 턱밑까지 다가왔다. 지난 2023년 3월 발표된 ‘기후변화에 관한 정부간 협의체’(IPCC·Intergovernmental Panel on Climate Change) 제6차 종합 보고서에는 앞으로 10년 안에 기후위기로 인한 지구의 존폐가 달려있다는 경고가 담겼다. 기후위기나 환경오염에 대한 관심은 넘쳐나는 것 같은데, 의외로 영화나 드라마 등 대중을 상대로 한 콘텐츠에서는 유독 이런 소재가 차용되는 경우가 드물다. 자칫 지나친 심각성을 담보할 수 있고, 오락적 주제로의 활용 역시 용이하지 않다는 이유에서다. 물론 기업과의 유착 등 자본주의가 빚어낸 다면적 요소들이 은밀하게 가로막는 경우도 예외할 수는 없다.

넷플릭스로 공개된 SF 시리즈 <기생수: 더 그레이>의 경우 작품의 도입부에 환경오염과 관련된 다양한 장면들이 교차된다. ‘인간의 수가 절반으로 준다면, 얼마나 많은 숲이 살아남을까’라는 내레이션과 함께 지구상 모든 생물의 미래를 지키기 위해, 인간의 수를 줄이기 위한 목적으로 ‘기생수’가 탄생했음을 시사한다. 이는 30여 년 전 발행된 이와아키 히토시의 원작 만화 《기생수》부터 줄곧 유지됐던 세계관이다.

인간을 죽이고 몸을 지배하는 설정이나, 잔혹한 장면에 가려져 부각되지 않았을 뿐 <기생수>의 궁극적인 메시지는 환경오염을 자행하는 인류에 대한 비판이 짙다.

　2023년 11월 공개된 디즈니+ 시리즈 <외딴 곳의 살인 초대>는 이보다 더 적극적으로 환경오염과 기후위기를 다룬다. 표면적으로는 MZ 세대 아마추어 탐정이자 해커인 다비(엠마 코린)가 은둔형 억만장자의 초대로 방문한 외딴 별장에서 벌어진 의문의 살인사건의 진실을 추적한다는 스토리지만, 다뤄지는 대부분의 소재는 인류가 일궈낸 과학의 발전과 인공지능(AI), 그리고 이러한 과정에서 필연적으로 파괴되는 지구와 환경에 대한 이야기다. 세계적으로 이름을 떨친 각 분야 전문가들과 환경 운동가들이 한 공간에서 서로의 의견을 나눈다. 기후위기로 인한 지구 종말에 대한 경고도 작품 전반에 담긴 탓에, 건설적 고민을 이끌어낸다.

　이러한 상황에서 <지배종>의 등장은 그래서 꽤 인상적이었다. 디즈니+ 시리즈 <지배종>은 근미래인 2025년을 배경으로 '인공 배양육' 시대를 연 한국의 생명공학기업 BF(Blood

Free)의 대표 윤자유(한효주)와 그녀에게 의도적으로 접근한 경호원 우채운(주지훈)이 의문의 죽음과 사건에 휘말려 배후의 실체를 쫓는 서스펜스 스릴러로 소개된다. 이를 곱씹으면 왠지 우리에게 익숙한 정계와 재계의 알력 다툼 스토리쯤으로 쉬이 치부할 수도 있지만, 이러한 짐작은 작품 오프닝 10여 분 가량을 장식한 윤자유의 BF의 신제품 발표회 장면을 통해서 말끔하게 지워진다.

넓은 들판을 걷고 뛰던 소떼가 인간에 의해 차례로 죽음을 맞이하고, 피로 범벅된 끔찍한 도축 장면이 쇼장을 가득 메운다. 이후 '어떤 고기를 원하십니까?'라는 문구와 함께, 인공적으로 '생산되는' 인공 배양육이 등장한다. 고기 표면의 마블링까지 꼼꼼하게 새기는 광경은 그저 신기할 따름이다. 인공 배양육을 위한 공간은 기존 축산업의 1%에 불과하며, 축산 과정에서 발생하는 다량의 온실가스가 더 이상 발생하지 않는다는 사실도 거듭 강조된다. 국내 작품들 중에서 이렇게 직접적이고 적극적으로 환경에 대한 이야기를 풀어낸 작품이 있었던가. 기억을 더듬어 봐도 쉽게 떠오르질 않는다.

의류와 가방을 위한 뜯겨지는 동물의 털과 가죽, 육류만큼 인류의 뱃속으로 무수히 사라지는 해산물의 배양에도 성공했다는 윤자유는 "지구상 단 한 뼘의 땅도 식량 때문에 파괴되지 않는 그날을 앞당기겠다"며 곡류와 식량 작물, 팜오일 배양까지도 자신한다. '배양육'은 일회성 소재로 소모되지 않는다. 보는 이로 하여금 환경에 대한 관심을 갖게 하고, 사고를 확장하게 만드는 씨앗으로 작용한다. 윤자유가 시연을 끝내고 나온 거리는 BF를 지지하는 이들, 반대하는 시민들로 나뉘어 시위가 한창이다. '환경 히어로', '기후위기 대응 없이 미래 없다'는 지지자 푯말과 '살인자 윤자유', '살인기업 BF' 등의 반대파 주장이 충돌한다. 생고기를 비롯한 여러 축산물들이 윤자유의 차 표면으로 날아든다. 이는 실제로 현대사회에서 배양육 산업을 둘러싼 이해관계와 흡사하다.

미국의 IT기업 마이크로소프트 창업자 빌 게이츠는 그의 저서 《How to Avoid a Climate Disaster》(기후 재앙을 피하는 법)에서 "축산 농가의 지지로 미국의 최소 17개 주는 인공 고기가 마트에서 '고기'로 분류되는 것을 막으려고 노력했고, 어떤 주는 아예 인공 고기 판매 자체를 금지하려고 했다"

라고 밝힌 바 있다. 2023년 11월 이탈리아에서는 배양육 판매를 금지하는 법안이 승인됐는데, 국제동물보호단체(OPIA)는 대체육이 축산업에서 배출되는 온실가수를 제한하고 동물복지를 위한 윤리적 대안이 될 수 있다며 이를 비판했다.

<지배종>이 단순히 환경에 대한 이야기를 적극 차용했고, 심도 있게 다뤘다는 사실 만으로 좋은 콘텐츠로 분류될 리 만무하다. <지배종>은 그런 소재나 주제 의식을 다 걷어내도 한효주, 주지훈, 이무생, 김희준 등으로 이어지는 출연 배우들의 열연이 적재적소에 배치되어 있고, 드라마 <비밀의 숲> 이수연 작가가 집필한 견고한 대본이 자칫 황당할 수도 있는 극 중 설정과 상황에 핍진성을 부여했다.

좋은 콘텐츠를 논하자면 복잡하겠지만 <지배종>이 앞으로 콘텐츠가 나아갈 이정표 정도의 몫은 했다고 여긴다. 불륜과 출생의 비밀, 폭행과 살인으로 물든 유해한 콘텐츠보다, 인류와 지구에 무해하면서도 유익한 사유를 유발하는 콘텐츠 쪽이 훨씬 유의미하다고 말할 수 있지 않을까.

추천의 글

••• 오랜 시간 박현민 작가의 글을 보아왔다. 날카로우면서
도 온기가 스며있고, 담백하지만 곱씹어 읽고 싶은 문장들로
가득하다. 작품 속 의도를 빠르게 파악하고, 그것을 다시 여
러 줄기로 뻗어 확장시킨다. 작품을 보고 누군가와 더 이야
기를 나누고 싶은 심정이 들 때, 이 책을 한 번 펼쳐보길 권하
고 싶다.

                                   - 박준화 <김비서가 왜 그럴까>, <환혼> PD

··· 요리와 글쓰기의 공통점은 만드는 사람의 숙련도에 따라 맛이 다르다는 점이다. 박현민을 처음 만난 건 둘 다 리즈 시절이었다. 그가 쓴 엉망진창의 기획안의 글들을 기억한다. 하지만 요즘 나는 그의 글을 찾아 읽는 팬이다. 맛집을 검색하고 요리사들의 이름을 기억하듯 좋은 글들이 있는 곳과 좋은 글을 쓰는 이의 이름을 기억한다. 나에게 박현민의 글은 좋아하는 요리사의 접시 같다. 좋은 식재료와 요리사의 솜씨가 올라간 접시. 그가 정성껏 차린 네 번째 책을 읽은 개인적인 소회다.

- 하정석 <마스터셰프 코리아>, <한식대첩> PD

··· 작품을 보고 머리를 맴돌던 무형의 사유들이 박현민의 글을 통해서 비로소 형상화된다. 그리고 가끔은 생각하지 못했던 사고들이 새롭게 피어나게 이끌기도 한다. 그러니 그의 글을 챙겨보지 않을 이유가 없다.

- 손승애 <살인자ㅇ난감> 쇼박스 드라마 총괄

••• 우리는 점점 글을 읽지 않는 시대에 살고 있다. 2024년 4월 문화체육관광부에서 발표한 독서 실태 조사에 따르면, 2023년 1년에 책 한권을 읽는 인구는 43%이다.(2013년 71%) 우리는 글을 읽는 대신 유튜브를 본다. 특히 영화와 드라마 같은 대중 매체에 대한 정보를 얻고자 유투브를 검색하면 스토리 요약과 영상 편집까지 기가막힌 채널들이 즐비하다. 심지어 본 영화를 찾아보고싶지 않아질 정도로. 실제로 그러한 채널들에 익숙해져서 오롯이 한작품을 끝까지 감상하기 어렵다는 사람들이 늘어난다. 하지만 그 몇십분 내외 요약본을 보고 난 뒤의 헛헛함은 어쩔 수가 없다. 적어도 깊게 음미하며 진한 무언가를 경험해봤던 누군가들에게는.

박현민 작가의 이 책은, 음미에 대한 가이드북이다. 벌써 옛날이 되어버린, 비디오가게에 갈때마다 대여중이었던 영화를 마침내 빌려 집으로 뛰어와서 플레이어에 테잎을 꽂아 넣고 2시간이란 시간을 꼭꼭 씹어가며 마음껏 음미하고자 했던 그 기억을 떠올리게 해 준다. 세련된 유머와 영상편집은 없지만 그 안에는 작품을 더욱더 진하게 감상하고싶은 욕구를 기억하는 사람들을 위한 친절한 설명들이 가득하다. 어쩌면 유투브의 영상과 소리가 글을 대체하고 있는 지금의 시대이기때문에 이 책은 더 빛날지도 모르겠다. 매체에 대한 가이드북을 넘어 우리가 잃어가고 있는, 글을 읽으면서 얻는 행복이 무엇이었는지, 왜 오롯이 2시간을 투자해서 영화를 감상해야 하는지에 대한 근본적인 답을 주고 있는지도.

- 양재웅 정신건강의학과 전문의

••• 기술이 발전하고 커뮤니케이션 방식 또한 빠르게 변화하는 시대, 박현민 작가의 미디어와 메세지를 바라보는 시각과 해석은 흥미롭고 탁월하다. 국방과 안보 분야를 오랫동안 다뤄온 국방일보의 무게를 이겨낸 적당한 가벼움 또한 매력적이다.

- 기국간 국방일보 부장(편집인)

K-콘텐츠로 보는 현대사회

박현민 대중문화 칼럼집

: 화면이 꺼지면 글쓰기가 시작된다

K CONTENTS DECODE

초판 1쇄 발행 2024년 5월 29일

지은이	박현민
디자인	소이컴퍼니
펴낸곳	우주북스
등록	2019년 1월 25일 제2020-000093호
주소	(04735) 서울시 성동구 독서당로 228, 2F
전화	02-6085-2020
이메일	gato@woozoobooks.com
인스타그램	woozoobooks
홈페이지	www.woozoobooks.com

ⓒ박현민, 2024

ISBN 979-11-987498-0-2 (03810)